集英社オレンジ文庫

駅彼

—あと9時間、きみに会えない—

くらゆいあゆ

本書は書き下ろしです。

Contents

EKI KARE

9 more hours without you

駅彼

あと9時間、きみに会えない

くらゆいあゆ

EKI KARE

9 more hours without you

プロローグ

日常に、クモの巣のように張られている目に見えない境界線。気づかずに越えてしまえば、取り返しがつかなくなるのかもしれない透きとおった糸。人は、常にその危うさの合間をぬうように歩いている。最近、あたしはきりきりとその想(おも)いに胸を締め上げられている。

高校三年になって奇跡的に両想いになれて、瞬(しゅん)とつき合い始めることができた。最初はお互いに距離を測りかね、誤解やすれ違いも多かった。それがようやく軌道(きどう)に乗り始めたこの頃なのに、あたしたちは、もうすぐ別れる。

朝起きると、涙で頬(ほお)が濡(ぬ)れていることまであって、自分のナーバス具合に自分でびっくりする。

好きな人と別れていくことがどれほど辛(つら)いことか、あたしは今まさに身をもって思い知らされている。

存在するかもしれない境界線は、どんな時でも透明だ。

たぶんあたしはそういう理由で看過（かんか）できなかった。見えない境界線を越えてしまった寄（より）松（まつ）くんを、あたしは放っておくことができなかった。

そう感じること自体、傲慢（ごうまん）だとはわかっている。でもどうにかしてあげたい。愛猫（あいびょう）、ミルクを助けてくれた恩人なのだから、同じ立場に立たされた人なら、きっと同じような心境になるものだと思う。


〝いいこと教えてあげる〟


だからあたしはこの言葉に反応した。

瞬の入院している病院で会った時、千春（ちはる）が耳打ちするようにあたしに言ったその言葉に。

〝ほんとに困ってるなら、今までで一番自分を助けてくれた図書館の本に頼ってみるんだって。うまくすれば交換ノートが挟まってる〟

普通の精神状態だったら完璧にスルーで心の端にもとまらない。端にとまったとはいえ、そんなのは完全な都市伝説に決まっているから、わざわざノートを探しにここに来たわけじゃなく、予約していた本が入ったと図書館側から連絡をうけたから。

くわえて瞬の病院の面会時間は午後三時からで、あたしはかなりの頻度で、図書館で時間調整をする。せっかく来たからついでに覗いてみるかな、くらいの軽い気持ちでしかなかった。

二月も下旬。まだまだ桜のつぼみは目を凝らさなくちゃ見えないけど、この間のニュースで、どこかの地方では春一番がふいた、と言っていた。

「嘘でしょ」

あたしは大学受験で、つい最近までさんざんお世話になっていた図書館の、古びた本棚の前で一冊のノートを手に茫然としている。

〝一番自分を助けてくれた本〟

そう聞いた時、最初に頭に浮かんだのがこの本の題名だった。人気小説でもなければ、受験に役立った参考書でもない。

『犬、猫、鳥の知っておきたい習性１００』

おそらく、この犬、猫、鳥、というごちゃまぜなところが、不人気の原因だと思う。犬について知りたい人は犬の本を借りるし、猫について知りたい人は猫の本を借りる。犬、猫、鳥のことをいっぺんに教わりたいと思うのは、その全部を飼っているあたしくらいなものだ。

この本は、知る限りいつも同じ本棚の一番端で、自己主張することもなく、黄ばんだ背表紙をこちらに向け静かに佇（たたず）んでいる。おそらくもう何年も、あたし以外の誰にも借りられずにひっそりと……。

犬、猫、鳥の知っておきたい習性100、の奥付（おくづけ）と裏表紙の間に一冊の真新しいノートが挟まっていた。恐る恐る開いてみると中は真っ白で、一番前のページに、英語でサマーウッズと書いてあった。その下に〝相談に乗ります〟の文字を、明朝体（みんちょうたい）でプリントアウトした紙が貼りつけられている。

サマーウッズ。これは宛名（あてな）だ。夏の林。

「……ああ、あたしだよ」

あたしの名前は夏林（かりん）。藤谷夏林（ふじたにかりん）だ。

脳に情報が送り込まれて解析（かいせき）を終えたとたん、脇（わき）にくだんの本を挟み、開いたノートを手にするその指先が、目で見てわかるほどぶるぶると震えだした。取り落としそうだ。

古い本から漂ういろんな種類の黒インクの匂（にお）いが混じり合った、図書館独特のよく知る空気に、初めて恐怖を感じる。

あたしは学校帰りで、長い髪を規則通りに耳の下で二つに縛（しば）っている。黄色っぽい電灯の光がノートのページに毛先のそろわない筆のような影を落とし、それが小刻みに揺れている。

「しゅっ……しゅ……」

自分の受験はすべて終わった二月の平日、午前中、混雑時でさえほとんど利用者のいない棚の前に、人の気配は全くない。意思に反して漏れる理解不能の呟き。

こわさのあまり、瞬の名前を呼ぼうとして、失敗しているのだ、たぶん。

「しゅ……瞬……」

頼りたい人の名前をはっきりした自分の声で聞くことができたからか、あたしはほんの少し落ち着きを取り戻してきた。

「瞬に、写真だ、写真」

まず、本だけを棚に戻し、あたしは制服のポケットに手を突っ込んで、携帯を取り出そうとした。

写真を撮るなんて怒られるかもしれないけど、ここの図書館はものすごく大きく、貸出カウンターははるか彼方だ。横に六列、縦方向には十数列もの本棚が整然と並ぶ図書館の中でも、この動物コーナーは一番奥で、しかも今は司書どころか利用者の影すら見えない。

ポケットの中で携帯を、一度力を入れて握り、大きく深呼吸してからあたしは、それをゆっくりと放した。

瞬には、言えない。

うちの飼い猫のミルクが迷子になった数日後、その事実を知ったあの日の、瞬の辛そうで、悔しそうな表情、その後のちょっとしたいざこざを思い出してしまったから。

好き嫌いのはっきりしている猫だけど、ミルクは瞬にすぐなついた。瞬もミルクが大好きだった。なのにミルクが夜になっても帰ってこなかった時、瞬に連絡するわけにはいかなかった。

高校三年。U18サッカー日本代表復帰も、決まっている進路も、全てが絶望かと思われるほどの大けがをし、手術をした瞬は、まだ入院中だったからだ。

幸い手術は成功した。

瞬は四六時中リハビリのことばかりを考えていて、実際その甲斐もあって、回復は確かに人並み以上だった。でもまだ手術から一か月ちょっとしかたっていない状態で、ミルクを探して走りまわれるわけもない。大事な時なのだ。

だけど連絡すれば、瞬は必ず病院を抜け出してしまう。連絡、できなかった。

瞬に、このノートの存在を知らせるわけにはいかないと、あたしは思った。

1　午後四時、きみにささやく

「ただいまぁー」

午後の八時半だった。

海に近い駅から自転車で十分、なだらかな坂道を上がった住宅地にあたしの家はある。

私立大学合格後、ルーチンになっている学校帰りの瞬（しゅん）の病院お見舞いから戻ってきた。

「夏林（かりん）、ミルク見なかった？」

ママは玄関先にすっとんでくる勢いでそう聞いてきた。

「え？」

「ミルクが帰ってこないのよ」

「ええええっ？」

毎日面会終了時間ぎりぎりまで病室にいるんだから、今の時刻なんて見当がつくはずなのに、とっさに腕時計を見てしまう。やっぱり八時半。

「そのへんをママもずいぶん探したんだけど、いないのよ。隆哉（たかや）も小学校から帰ってくるのが遅かったけど、それからはずっと探してる」

「なんであたしに連絡しないの？」

「だって夏林は瞬くんの病院でしょ？　病院って携帯鳴らしちゃダメなんでしょ？　瞬くんに機械がついててそれが誤作動なんてしたらたいへんだし」

「瞬はそんな状態はとっくに終わってるよ」

今は病院の廊下を、片松葉であたしより速くちゃかちゃか移動して、しょっちゅう看護師さんに怒られている。

「そ、そうなの？　でも夏林たち、もうすぐお別れ——」

あたしはスクールバッグを玄関先に乱暴にドサっと置いた。

「探してくる。雅哉は？」

「雅哉は部活が終わった頃にようやく電話がつながって……。高校からそのまま、今は警察とか動物病院に片っ端から連絡入れてるわ」

あたしは制服のままきびすを返した。

おかしい。ミルクはメスで、行動範囲は狭く、テリトリーはうちのたいして広くもない庭だけだ。ふだんは暗くなる前には、猫用ドアを通って家に戻っている。

二月の寒空の下で、ミルクがなにかの事件に巻き込まれていたり、まさか、事故……と考えただけで気が動転して、どこをどう探したらいいのかわからない。

あたしは自分の家のガレージに今入れたばっかりの、通学のために駅まで毎日使っている赤い自転車を引き出してきた。

「しゅんー……」

瞬に連絡ができたらどんなに心強いだろうと思う。でもそうしたら、彼は迷いもなく片松葉のまま病院の塀（へい）を乗り越えてしまう。

自転車に乗って、ミルクー！　ミルクどこー？　と大声で呼びながら家の近所を探し回る。人が聞いたらあの子よくあんな恥ずかしいことができるよね、と思うだろうな。涙で目の前がかすんでいるような状態なのに、今の自分が他人からどう見えているのかは、案外冷静に判断ができるものだ。判断したところでミルクを呼ぶことはやめられないけど。

思考が良くないほうに良くないほうにと流れる。猫は習性として具合が悪くなると身を隠す。だから死ぬ前には飼い猫でもいなくなることがあるとか……。でもミルクはまだ三歳だ。

ネガティブすぎて、今は思い出したくない知識ばかりが、次から次へと脳裏に浮かんでは思考を混乱させる。

ミルク……。

捨て猫だったミルクを受け取ることで、仲介に入ってくれた中学時代の友だちと距離が一気に縮まった。今ではその子、萌南はあたしのすごく大事な友だちで、ミルクはミルクそのものと、萌南という親友、二つのプレゼントをあたしにくれたコだ。

子猫のミルクがうちに来た時、犬のトトメスのほかに、セキセイインコのチェリーがいた。

トトメスとの関係は心配していなかったけど、チェリーのことはさすがに不安だった。子猫だから面白半分に小鳥に爪をたてることもあるんじゃないかと、最初はヒヤヒヤしながら見張っていた。

でもミルクはおとなしくて優しくて賢くて、そんなことをしないコだった。最近じゃチェリーはミルクの頭の上でお昼寝までする。自分も寝ている時もあるけど、不本意そうなふてくされた表情で、頭にチェリーを乗せてじっとしていたりもする。

そういう時のミルクの顔はすごく愛くるしい。甘えてくる時もかわいいけど、ふてくされた不細工な表情ものすごくかわいいんだ。ほんとに、ほんとにいいコなんだよ。

神様、ミルクを無事に返してください。

いままで飼った小動物、りすやハムスターを寿命で亡くしたことはあった。それはどこかで仕方がないことだと子供心にも納得がいっていたのだ。

大好きだった高齢のおばあちゃんが亡くなった時も、悲しすぎたしパニックも起こしたけど、人の寿命の道理というものを、自分なりに呑みこむことがどうにかできた。

ついこの間起こった瞬の膝の大けがが、あたしにとって、いままでの十八年の人生で一番つらい体験だったのかもしれないと思う。

なぜあんなにもつらかったのか。それは、瞬の気持ちが痛いほどわかったということの他に、サッカーの試合でけがをするのが彼である必要がどこにあったのかということが、どうしても理解ができなくて……。納得がいかなくて。

ミルクの失踪は、それに似ている。どうしてまだ三歳のミルクがあたしの目の前から消えなくてはならないのか？　昨日まであたしの膝で、なんの不安要素もないままゴロゴロしていたミルクが、なぜ今日はいないのか？　わけがわからない。

突然降ってわいた、家族を失うかもしれない恐怖にあたしは人目もはばからず、愛猫の名前を呼びながら声を上げて泣いた。


あちこち探し回ったものの、その日、家族のだれもミルクを連れて帰ることができなかった。

夜、ミルクの写真をプリントアウトし、パパ、ママ、雅哉、隆哉とあたし、藤谷家全員で迷子猫のポスターを百枚近く作った。

卒業直前の高校三年で、自由登校のあたしが、主に明日このポスターを貼ってまわる。

きっと、きっときっとミルクは見つかる。無事に帰ってくる。

明日は一日中歩き回るんだから、体力を温存しとかなくちゃ、とあたしは無理にベッドの中で目を閉じる。泣いて感傷に浸(ひた)っている場合なんかじゃないのだ。

朝になると、パパは仕事に行き、雅哉と隆哉は、暗い表情で仕方なしに高校と小学校に出かけていった。

今日、一年の雅哉は部活も休んですぐに戻ってくる。六年の隆哉も小学校が終わったら全速力で帰ってくると言っていた。ママはパートを他の誰かに代わってもらうことができたらしく、あたしと手分けをしてポスターを貼ってくれるお店をまわることになった。

最悪なことに、今日、あたしはどうしても午後一で学校に行かなくちゃならない用事があったことを思い出した。あたしは緑化委員の書記をしているんだけど、下級生にひきつぎで、記録ノートの書き方を細かく教えることになっていた。

個人的にその子たち数人の連絡先を知らないし、緑化委員の用事自体を思い出したのが今朝だった。書記はもう一人いるけど、ノートの担当があたしで、細かいところはあたしでなければわからない。

部活をやっている子も、みんなスケジュールを空(あ)けてくれているのに、あたしの都合で、ドタキャンをすることがはばかられる。

あたしは泣く泣く制服に袖をとおした。

約束の時間ぎりぎりまでミルクを探しまわって、そのまま委員会だけに顔を出すつもりだ。最低限の、あたししかわからない部分だけを教えたら、あとはもう一人の子にお任せしよう。

「猫ってどんな習性だっけ？　どこを探せば効率的だろう」

あたしは自転車の前かごにポスターの束をつっこんだトートバッグを入れたまま、熟考した。後ろの荷台には、ミルクを連れて戻るための猫用ケージを括りつけてある。

考えたくないマイナス方向の習性だって、今日は逃げずに頭に入れて探さなきゃ。昨日は、とにかく出てきてほしいとミルクを大声で呼びながら自転車を走らせ続けただけだった。でも今日は、猫の習性、ミルクの行動を中心に考えて、効率的に探すんだ。家のまわりの植え込みの中は今朝起きてからなめるように確認した。

悲しくて心は悲鳴をあげているのに、脳はしっかりと冷静に動く。どうしても今日はミルクと一緒に帰るんだ。

ペットが迷子になった時のための動物の習性。そういうことを書いてある本を、最近どこかで見た気がする。猫の迷子、そのオスの場合、メスの場合、繁殖期の場合。効率的に探す方法をわかりやすく解説した本だった。

「どこで見たんだっけ」

あたしは海方向に向かう下り坂の途中で、自転車のハンドルを両手で支えながら思い出そうとした。

そうだ。確か……お婿さんをもらったインコのチェリーが卵を産み過ぎて、ヒナが七羽も孵って……。その時に図書館でいくつか借りた本の中のどれかだ。

あたしはハンドルを握り直すと、時間を確認し、そのまま坂を下る道に方向を定める。

我が家の最寄り駅は海の近く。瞬と同じ駅をあたしは使っている。共学の公立で、サッカー強豪校に通う瞬と地味な女子高に通うあたしはその駅で知り合った。

もう九時を過ぎている。いつも使っている図書館は駅を越えたさらに海寄り。ガラス越しに海を見渡せる閲覧席が豊富で、瞬の部活が終わるまでの間、あたしはそこで受験勉強をしていた。

あたしは自転車のサドルに座ると図書館に向かって勢いよくペダルを踏み込んだ。お店が開いてポスター貼りの交渉ができる時間になるまでに、調べられることは調べておこう。

大きな古い趣のある建物だ。明治の中期に建てられた、今では重要文化財にもなっているデパートや銀行を模しているんだと思う。

建物の、階段を上がった二階と三階が図書館になっている。幅の広い階段を一段飛ばしで駆け上がり、上り詰めた正面にある貸出カウンターの脇を猛ダッシュで走り抜ける。一目散に一番奥の書棚を目指した。

「そうだ、これだ」

あたしは動物コーナーの書棚で一冊の本を手にした。

『犬、猫、鳥の知っておきたい習性100』

迷子になるなんて読んだときは想定もしていなかった。

他の本にはあんまり書いていない、犬、猫、鳥、が一緒に暮らした例が載っていて、すごく興味をひかれたんだ。もちろん個体に差があるから、うまくいかないことがあることも充分注意喚起はしてある。

その本の中の、以前は流し読みした迷子猫についての記述を詳しく読んだ。

去勢をしていないオス猫は繁殖期になるとメスを探してかなり遠くまで行ってしまう。でもミルクのようにメスで、縄張りは自宅の庭だけ、という場合、そこからなんらかのトラブルがあって出てしまった場合、パニックを起こしてしまうことが多々ある。経験したことのない恐怖で、飼い主が近くにいてもうまく返事ができない。

でも、だんだん自分の置かれている状況に折り合いがついてくれれば、自宅に戻ろうとする個体もある。少なくともパニック時よりは飼い主の声や猫缶に反応しやすい。メスの場合、近くで見つかることも多い。

「ミルク、近くにいるかもしれないんだ」

あたしは本を棚に戻した。

昨日、雅哉が警察や動物病院に掛け合って調べた情報で、何も出てこなかったことを考えると、交通事故の可能性は低い。

「ミルクは、きっと近くにいる」

光明（こうみょう）が差した。

この本の事例に載っている、なんらかのトラブルで縄張りから出てしまった場合、という項目が一番しっくりくるような気がする。

トラブル……。犬にほえられた？　慣れていない人が庭に入ってきた？

ミルクがいるから門扉（もんぴ）に鍵（かぎ）はかけているけど、うちの脇には植え込みの低い私道がある。袋小路（ふくろこうじ）で、ミルクをよく知る仲のいい隣二軒の住人しか通らないとはいえ、その私道から庭に、ミルクの安全を脅（おびや）かす人物が入ってこないとも限らない。

そうしたらミルクはどんな行動をとるだろう。

「なんかパニクって走って逃げた可能性が高いよね」

いる。見つかる。大丈夫。

この本を読んで、そう確信ができたような気がする。ポスターを貼って長期戦覚悟でミルクを探すんだ。

あたしは図書館から出た。

途中目についたお店でポスターを貼らせてもらえるように交渉したけど、今、店主がいないだの、規則でできないだの、対応してくれた人の反応はかんばしいものじゃなく、時間がかかるわりにちっともはかどらない。

こうしているうちにミルクが怖い思いをしていたり、知らない物事にまたパニックになって、もっと遠くに行ってしまうんじゃないかと気が気じゃなかった。

「もういいです！」

三軒目に入ったスーパーから、あたしは半泣き半怒りの状態で出てきた。

「ちょっとは動物のこと考えろバカ！」

電柱に貼ったほうがよっぽど効率的だ。法に抵触するらしいけど、利益目的じゃなければ大目に見てもらえると、どこかで聞いた気がする。

とりあえず家周辺まで戻ろう。ミルクはメスで、近くで見つかることが多いとあの本にも書いてあった。

家の周辺まで戻ったあたしは、自転車を降りてそれを押しながら、今朝、確認したより、もうちょっと広い範囲の植え込みの中を覗(のぞ)き始めた。

「あのう、すみません」

「え？」

いきなりあたしの背後で男の子の声がしたから、びっくりして振り向いた。

「えーと……」

そこには瞬と同じ青葉西(あおばにし)高校の制服を着た、すごく顔のきれいな男の子が立っていた。

「なにか？」

「あのー、猫探してる人ですよね？　昨日とかすごいミルクミルクーって夜、声がしてて」

「そうですけど」

男の子はあたしの自転車の前カゴに入っているミルクの巨大写真つきポスターを、横目で所在なさげに確認していた。

「ミルクって猫、それですよね？」

ポスターを指さす。

「そうです」

「その猫、今うちにいます」

「えっ!!」

あたしは驚きすぎて、自転車のハンドルから手を放しそうになってしまった。

「今朝、うちの庭の木の上にいるのを見つけたんです」

「木の上？」

ミルクは木には登らない。

「木の上で固まってて、降りてこられないみたいだったから……」

「まっ、まだ木の上にいるんですか!?」

降りられないなんて！　あたしが今すぐ降ろすから。

「いえ、あのう、俺が一応もう降ろしました。……がんばって……」

その子はさりげなく、スーパーのレジ袋を手首にひっかけた右手の甲を、左手の手のひらで隠した。

「え？　もしかしてミルクが引っ掻(か)いたとか？　ごめんなさいあの、ミルクは、元気……」

そこまで言うと涙が一気にぶわっと吹き出てきた。ミルクが、ミルクが無事だった。

「たぶん元気です。警戒して、エサとか食べてくれないんですけど、けがはないと思います」

「ほんとですか？　このコですよ？　茶色なんです！　左目の上にしゅって墨(すみ)で描(か)いたみたいな、眉毛(まゆげ)みたいな、なんか片方だけに眉毛があるみたいなちょっとマヌケな顔してて」

あたしはすごい勢いで自転車のスタンドを下ろして固定すると、前カゴに入っているトートバッグの中から一枚、昨日プリントアウトしたミルクの写真入りポスターを取り出して、その子の目の前に両手で広げてみせた。

「そう、間違いありません、この猫です」

そう言ってレジ袋のひっかかったままの右手で、ぷらっとポスターを指さした。

無事だった。ミルクだよね。本当にミルクだよね。もう今さら間違いだなんて言わないでくれるよね。

男の子の手首にかけられているスーパーのレジ袋が大きく揺れたから、自然にあたしの視線はそれに引き寄せられた。

レジ袋が薄くて、中身が透けて見えてしまった。全部、猫の食糧の缶詰だった。一般的な値段のものから、うちであげたことがないような超豪華食材を使ったプレミアムなものまで、実に十種類以上。

「えっ？　それって？」

あたしは驚いて思わずそのスーパーのレジ袋を指さしてしまった。

「ああ、これね。だってあの猫、どれなら食べてくれるのかわかんなくて。母親が心配して、猫飼ってる家からキャットフードもらってきてくれたんですよ。だけど、ドライのキャットフード食べないから、よっぽどふだん贅沢な食事してるのかな、って」

「いえ、そんなことは……」

普通のならたまにあげるけど、うちもそこまでプレミアムな缶詰を単独であげたことはありません。ミルクがうちに来た、ミルク記念日の日には、プレミアムな缶詰をあげるけど、味をしめてそれしか食べなくなったらうちの家計を圧迫するから、いつものエサに混ぜ込んであげている。

気持ちだけのミルク記念日。せっかくのごちそうの質をわざわざ落としたあれが、本当にミルクにとっておいしいのかどうかはわからないけど。

「どうもありがとうございます」

あたしは丁寧に、深々と、もう膝にくっつきそうなくらい頭を下げた。

「すぐ、連れて帰りますよね？　僕、寄松利一って言います」

「もちろんです。あたし、藤谷夏林です。恵が丘女子高校の三年です」

「わかります」

「え？」

「制服が恵が丘だな、って。姉……が恵が丘女子だったんですよ。もう何年も前に卒業しましたけど」

「そうだったんですか。あたしもその制服知ってますよ。青葉西高校ですよね。サッカーの強い」

寄松くんは、少し、照れたように、困ったように、笑った。

「もうすぐ春だよねー瞬ー。なんだか早いなぁ」

「そうだな」

薄いレースのカーテンが揺れる個室の窓わくに両手をついて身を乗り出し、リハビリ病院の広い庭を見下ろしていた。顔をなでる風が今日は春めいていて気持ちいい。

今だから言えることだけど、ミルクの失踪が一日ですんだことに、あたしは別の意味でも心から安堵(あんど)していた。ずっとミルクを探していたら、こうして瞬と一緒にいられる時間は確実に減っていたはずだし、彼にかくし続けるなんて無理だった。

進学が決まっているから友だちに会うために、とりあえず高校には行く。でもこの時期、三年は自由登校で、授業もないし、午前中しか高校にはいない。

面会時間の始まる三時ぴったりには、〝三浦(みうら)瞬〟の名札ひとつがかかるこの個室にへばりついているあたしが、何日もこなかったらおかしいもん。

ミルクがいなくなったのは夜。だから次の日も、寄松くんからミルクを受け取って家に連れ帰り、委員会のために学校に少しだけ行って、その後しっかり三時には瞬のベッドの脇にいた。あれから三日がたったけど、毎日変わらずここにきている。

けがが治ったら、あたしたちはお別れ……。一瞬一瞬が言葉にできないほど大切だ。

瞬はベッドの上にうつぶせになって、広げたままのサッカー雑誌の前に片肘(かたひじ)をつき、あたしのほうをどこか鋭い感じのする目で見ている。ベッドの上には雑誌が何冊かと、リハビリに使うウエイトが二つ、飲みかけの水のペットボトルが一本転がっている。

「もう……瞬はそのベッドに住んでんの？」

「めっちゃいい環境」

「ほんとは退屈してるくせに」

「夏林の受験が終わったもんな。お前が毎日くんじゃん」

「へへ。まあね」

「ここくんの、めんどくねぇの？　高校に午前中、友だちと勝手に集まってんだろ？　一度家に帰ってんの？」

「まぁ、もう授業なんてないしね。帰る時もあるよ。でもだいたい友達とファストフードとかでランチして、図書館かな。友だちと別れたあとはほぼ毎日、図書館で時間調整」

高校の仲良しグループは四人で、今、あたしを含め三人が彼氏持ちだ。

特に一番仲がいい愛実(まなみ)は、同じ予備校に通っていた男の子と最近つき合い始めたばかりで盛り上がっている。リア充(じゅう)の邪魔(じゃま)をする気はありません、と、ランチをすると杏子(きょうこ)はさっさと帰ってしまうからお昼を食べると解散になることが多い。

「図書館、ルーチンだな」

「受験勉強もそこでしてたからね。愛着があるの」

瞬は、すでに出場が決まっていた全国高校サッカー選手権の直前、練習試合の最中に、相手チームの選手と空中で衝突したところに、横から別の選手に突っ込まれ膝から落下、上に二人乗られて、靭帯がめちゃくちゃになるという大けがをしてしまった。

高校三年。最後の一番大きな大会にはもう出られるはずもない。

運び込まれた病院で靭帯再建手術を受ければ、通常、軽いスポーツをするくらいまでなら回復する。だけど、けが以前の、U18日本代表クラスの技術を取り戻すことは不可能だろう、という辛い宣告を受けた。

迷って悩んで苦しみもがいた末、彼が出した結論は、東京の靭帯再建の権威のもとで、膝内部の完全再建を目指す手術を受けるというものだった。

失敗すれば最悪、歩けなくなる可能性がある、とも言われていた。それが二か月前。

幸い手術は成功し、今、瞬は東京の病院からここ、地元のリハビリ病院に転院してきた。この間まで六人の大部屋にいたんだけど、個室が空いたら、わがままを言ってこっちに移ってきた。スポーツ保険に入っているからある程度の入院費が下りることと、ファウル扱いになっている、瞬にぶつかった相手選手の親がお金持ちで、せめてものお詫びに個室にしてくれと、頼んできていることに甘えているらしい。

瞬には緊急性がないからたぶんすぐ追い出される。この個室にいられるのは数日だろうけど。

瞬はもう入院の必要がないほど回復している。片松葉でどこにでも行かれちゃう。松葉杖(づえ)で走るという技術を習得し、この間は廊下で看護師さんに本気で怒られていた。

小学生かよ、と思うよ。

そんな瞬がどうしていまだに入院しているのかというと、ここが全国でも有数の設備と指導員を持つリハビリ病院だからだ。

彼は早くサッカー選手に復帰したくてたまらない。朝、昼、晩、もしかしたらそれ以上のリハビリがやりたくて仕方がないのだ。

それにしても……。なんだか、どうにも今日は瞬のあたしを見る目に棘(とげ)がある。

いつもは、友だちがしょっちゅう来るのに困るよ、と思うくらいあたしをベッドの脇から離さない。一緒にベッドの上で雑誌を見たりすることも頻繁(ひんぱん)で、嬉(うれ)しい反面、個室でこれはまずいんじゃないの、と気が気じゃない。

特に瞬のお母さんが来たらどうしよう、と、それが危ぶまれる時間帯にはお誘いを固辞(こじ)することもあるくらい。

なのに、今日は会話をする口調もどこかとがっているような気がするよ。ミルクが失踪した夜のラインに返信していないからかなぁ。そんなことで怒る性格じゃないんだけどな。

昨日もおとといも普通だったのにそれはおかしいよね。

「ねぇ瞬」

「ん？」

「なんかおかしくない？　あたしに言いたいことがあるんじゃないの？」

「まぁな」

「まぁな、って何よ？　なんで言わないのよ」

「ムカついてるからな」

「えーっ？　あたしに？　あたしがなんかしたの？」

「お前アンド俺にムカついてる。悪いな、ちょっと不機嫌(ふきげん)で。割合から言うとお前三割、俺七割のムカつき具合だから。逆恨(さかうら)みっちゃ逆恨みなんだけどさ」

「はぁー？　また意味のわかんない……。はっきり言ってよ」

　そこで瞬は片肘の腹ばいから、ベッドの上に身体(からだ)を起こし、左膝を立てて、けがをしている右足だけを伸ばした。左腕は膝がしらの上に乗せる。

「三日前だっけか？　ミルク、迷子んなって家戻んなかったんだってな」

「げ？」

なんで瞬が知っているんだ。

「なんで知ってんだ！　って顔してるよな」

「えーと……」

「そういうことってけっきょくバレるだろ？　午前中、隆哉が外来に来たついでにこっそりここまで上がってきたんだよ。ことこまかーく俺にしゃべってったよ。夏林がすっげぇ取り乱して失神寸前だったとかな」

「そうなのか」

隆哉め。隆哉は地域のチームに所属しているサッカー小僧で、しょっちゅう瞬のサッカー指導を受けていた。瞬が大好きなのだ。

面会時間内は、この部屋の主はどっちだ、ってくらいここにいるあたし。まさかあたしのいない時間に隆哉が瞬に会うなんて考えてもいなかったから、さして口止めもしていなかった。隆哉、昨日、遊んでいて転んで、捻挫したもんな。

病院行く、と言っていたから、てっきり駅前通りにあるうちの親戚が開業している外科医院に行くものだとばかり思っていた。

六年生とはいえまだ小学生の隆哉が、ひとりで電車に乗ってわざわざこのリハビリ病院まで来たのは、どうせなら瞬に会おうと考えたからに決まっている。

「お前が何考えて俺に言わなかったのかも、だいたい見当つくよな。頭くるけど、ミルクが迷子なんて緊急事態に、悠長にベッドにひっくり返ってた自分に一番腹たつよ」

瞬の瞳がはっきりと傷ついている。

見つかったからよかったものの、瞬だってミルクが迷子になって、そのまま行方知れずだったら、一緒に何年も暮らしたあたしと同じ、とはいかないまでも、相当に気持ちが折れたはずだ。

「しょうがないじゃん。言ったら瞬は絶対病院抜け出すでしょ？　まだ片松葉なんだよ？」

「まあそうしただろうな。でも、そんくらいミルクの危機にくらべりゃなんでもねぇだろ、リハビリだよリハビリ」

「もうむちゃくちゃなんだよ瞬は！」

「お前に言われたくねえよ」

「いくらなんだってあたしは瞬ほどむちゃくちゃじゃありませんー」

「夏林が俺に知らせたくなかった気持ちもわかるにはわかる。けがや手術があって、ようやく希望が見えてきたとこだもんな、俺も」

「でしょ？」

だからあからさまにあたしを非難もできないんだ。

「お前のほうの複雑な気持ちも理解できるよ、でも」

「うん」

「やっぱ、言ってほしかった」

「あたしも瞬の気持ちはよくわかる、でも」

同じことが起こってもあたしは瞬に、きっと言わない。

今、こんな状態にある瞬が、どんな行動に出るかわかっていて、それでも伝える、なんてことはあたしにはできない。

瞬の瞳から力が抜ける。彼も、この対立に出口がないことはわかっているんだろう。すでに終わった事柄の、平行線の思いを抱えて背中合わせの気持ちでいるヒマなんか、あたしたちには一秒もない。瞬もそういう切り替えは早いほうのはず。

「あーあー。早く治んねぇかな。彼女がガチで辛いとき力になれないとかサイテー」

瞬の表情に、あきらめと同時に笑顔の片鱗がやっと見えた。言いたかったことを吐き出したから楽になったんだろう。

「その足さえ治れば、もうがんがんに頼るよ」

「そうしろ」

「うん」

そこで瞬の顔つきが、本格的にいやらしく崩れた。

「こっち来いよ、夏林ちゃん」

「……うん」

瞬があたしを〝ちゃんづけ〟で呼ぶ時は、すなわちよからぬことを考えているときだ。

「何警戒してんだよ。まだ母ちゃんが来る時間じゃねぇだろ。つかお前みたいに毎日来るわけでもねーし」

警戒じゃなくて、実はニヤけるのを抑えているんですー。

というか。母ちゃんが来る時間じゃない、と言っている時点で、俺はよからぬことを考えている！　と堂々と宣言しているようなものだ。

つき合い始めて九か月。よからぬことも、まだまだかわいい域を出てはいないんだけど。

あたしはそろそろと瞬のそばに寄っていった。さっきまでの正体不明、曖昧モコモコな空気よりはずっといい。

瞬のそばにいるのは大好き。特に今は、片時も離れていたくないと思うほど。瞬が、大大大大、大好き。

「ほらこっちさ」

移動して、あたしがベッドに乗れるだけのスペースを作る。

あたしは瞬のベッドの上にのそのそとお邪魔した。改造していない丈とはいえ、膝上の制服のスカートだ。お行儀がいいとは言い難い。

「夏林ちゃーん！」

さっきまでの鋭い目つきはどこへやら、ふざけた瞬が、あたしのほうに身体をつめてきて肩に手をかけ、引き寄せようとする。見事な変わり身の速さ！　もうこのために個室にしたんじゃないかと思うよ。

あたしはあわあわと慌(あわ)てて話題を探す。

「しゅっ！　瞬！　あのさ、この間あげたチェリーの子、元気？」

七羽も生まれたインコのチェリーの子は、二羽、瞬が引き取ってくれた。

「あ？　元気だよ。瑠璃(るり)が俺より夢中で世話してるよ。連れてくんだけどな。二羽とも」

瑠璃、というのは瞬の三つ違いの妹だ。今、中学三年のかわいい子だ。

「おおお、大きくなったでしょ？　なんて名前にした？　写真見たいなー。瑠璃ちゃん送ってくるでしょ？」

「んー……。なんかお前、この貴重な甘い雰囲気(ふんいき)をわざとぶち壊そうとしてんな？」

「だって困るよ！　いつ看護師さんが入ってくるかわかんないんだよ？　瞬の友だちも頻繁に来るし」

「面会謝絶の札かけてこい！」

「もう！　そういういやらしっぽいこと言うと降りるからー。今はインコの話なのー！」

瞬は面白くなさそうに、口をとがらせてわざと鼻から息を大きく出した。

「なんだよつまんねぇ。名前はイクラとトロ。なついちゃってかわいいよな。夏林が動物大好きなの理解できるよ。えーと写真はだなー」

瞬だってまんざらじゃないんだ。

でもそのイクラとトロ、ってネーミングはなんだ？

瞬はベッドの脇のロッカーつきの棚に置いてあった自分の携帯を取り出す。片手でしゅるしゅる操作して、あたしに写真のファイルを見せる。

「ほらこれとかな？　やべーだろ？　寝てるとき二羽とも首、後ろの羽に突っ込んじゃって丸くなってんの。もふもふの、もう毛糸玉だよな」

瞬の目が細くなって表情がだらしなーく緩む。なんだかちょっとこういう顔を瞬にさせるイクラとトロに嫉妬じみた感情がわいてくる。サッカーボールにヤキモチ焼いたり鳥にヤキモチ焼いたり忙しい。あたしはこの人とつき合ってから、けっこう心の筋肉が強化された気がします。

「熟睡すると鳥ってこういう寝かたするよね」

「そうなんだ？」

「うん」

「俺んち鳥飼うの初めてだからな。親とほぼ同じ大きさだけどまだヒナなんだろ？　わっかんねーことばっかかで困る。本見ながらやっとだよ」

あたしが何冊か見繕って瞬に渡した。鳥も放鳥しながら飼うのはけっこう大変だ。

「夏林ち、まだインコ、親カップル入れて七羽かー」

「もらってくれる人、まだまだ募集中だよ」

「なぁミルクは？　一晩木の上にいたんだろ？　大丈夫だったのか？」

「うん。帰ってきてから写真撮ったよ。見る？」

「見る見る」

あたしは一度、ベッドから降りてパイプ椅子の上に置いてあったスクールバッグのほうに移動した。スクールバッグの中から、私大の合格祝いに買ってもらったまだ新しい携帯を取り出して操作し、ミルクの画像を探す。

「あ……」

「なに？」

あんまり瞬に見られたくない画像を発見してしまった。

「えーと、だねー。あんまりいいのがないっぽ――」

「どれ？」

「えっ？」

「なんだよ」

瞬がすぐ後ろにいた。さっさとベッドから降りて棚につかまりながら移動してきたらしい。足に大けがをしていた人とは思えない迅速さだ。

「ないみたい。えーと、あの今度撮ってくる――あわ！」

ひょいっとあたしの携帯が取り上げられた。

「なんか夏林あやしい」

「いや、あやしくないってば」

瞬はあたしに背を向けながら一括のファイルを確認しているらしい。

背後から携帯に思いっきり手を伸ばしたけど、あたしより十五センチくらいは身長が高く、肩幅もある瞬から、それを奪い返すのは、難しかった。

「なんだこれ！」

嫌な予感。驚きと、怒りの入り混じった声に、見られたくないと思っている画像をドンピシャで表示されたな、と観念する。

「えーと……見てるのって、そのー」

「こ・れ・だ！」

瞬はくるっとあたしのほうを向いて、問題の画像を目の前に突きつけてきた。

「やっぱりー……」

「誰だ、この男！」

「せっ、説明するよ。えーとね」

そこで瞬はいきなりあたしの携帯を勝手に操作し始めた。

「えっ？　瞬、なに？」

引き結んだ唇の片側をあげた不愉快丸出しの形相で、携帯をあたしに突っかえす。

「ん！」

「え？　瞬？」

あたしは慌てて画像を確認する。問題の画像がなかった。

「えー、瞬、勝手に消したの？」

「そう！　なんだその男。うちの高校の制服だよな？」

「そうだけど……。ちょっと瞬！　勝手に人の携帯の画像なんか消しちゃダメじゃん。犯罪だよ、これは！　別になんでもないよ。この子は――」

瞬は腕組みをし、ふんぞり返るように仁王立ちして、憮然とした表情で言った。

「ごめん」

吐き捨てるようにそう言ったとき、顎を斜め上にしゃくるような動作をした。

「は……？」

「悪かったよ。人の携帯の画像、勝手に消すとか、人間として最低だな」

「は……？」

それでも瞬は腕組み、仁王立ち、顎を斜めにあげてあたしを見下ろす、怒り心頭ポーズを崩さない。謝っている人の態度じゃないよ。

「ごめんなさい。俺が悪かったです！」

威張(いば)っているようにしか見えない。態度と言葉が感心するほど真逆(まぎゃく)。

「じゃ……じゃあこんなこともうしないよね？」

「するね！　夏林の携帯に俺以外の男の画像が入ってるとか、許されねーだろ」

謝っている意味がまるでない。この態度で棒読みの〝ごめん〟を言われ、直後に〝またする〟とこうもあっけらかんと宣言されると、怒る気も失せる。

「つか、確かに勝手に消したのは俺がわりぃよ。だけどな、例えば俺の携帯にお前以外の女とのツーショット画像が入ってたら、お前だって嫌じゃねぇ？」

「……嫌です」

「だろ？　つまりそういうことだよ」

「そうか。そうだね」

つい同意したけど、なんだか丸め込まれたような気がして、もやもやも、する。

「だけどさ瞬、やっぱ勝手に消すのはよくないよ。これがもし、あたしの生き別れの異父兄弟だったらどうすんの？　たった一枚、偶然ネットから拾うことができた貴重な……。もう元画像がどこかもわからない――」

「えっ!!」

素っ頓狂な声を出していきなり顔つきが変わるから、あたしは一気に面白くなった。

いかにも気落ちしたふうを装ってそっとパイプ椅子に腰を下ろす。

「実はね、雅哉は二卵性の双子なんだよ。ある事情で生まれてすぐ巨万の富を持つ男の養子に出されたの。でも彼の心はいつも満たされず」

瞬は正面のベッドに座り、膝の上で組んでいたあたしの両手を自分の両手で包みこんできた。

「……マジか。夏林ち大変なんだな。俺がサッカー選手んなって巨万の富を作って、そんで巨万の富の男から弟を救い出すよ。まかしとけ」

「マジなわけがないでしょ」

「だよな。夏林ちの一家、全員能天気でそんな影ないもんな」

「ひどいー!!」

「ひどいのはどっちだよ！　だいたいお前と二人で写ってる、生き別れの弟の画像をどうやってネットから拾うんだよ」

瞬はあたしから離れ、ベッドに両手をついて、身体をそこに寄りかからせる。かったるくなったのか、頭も横に倒して左肩に乗せる。

「なーんだ、わかってたのか！　瞬があんまりビックリした声だすから面白くなったんだよ！　人の画像勝手に消して反省もしてないから、ちょっとこらしめてやろうとしただけだよん」

「だから謝ってんじゃん」

「でもまたやるんでしょ？　あたしが他の男の子と二人で写ってたら」

「あたりめーだろ。ムカつくもん」

はぁ。この議論も平行線か。瞬は思考が、よく言えば、自由奔放(ほんぽう)、柔軟すぎ。普通に言えば自己中心的すぎて他の人には理解が不能。

瞬のお母さんって瞬のこと育てるのがすごく大変だっただろうなー。十八の今にして、もう、勝手にしなさい状態だもん。

「人のものは気にいらなくても自分の勝手にしちゃダメ！　持ち主に相談するものなのー！　あたしはちゃんと瞬にはなんでも話すから！」

けけけっ、と唇の端をあげて片側から特徴的なとがった歯を見せて笑う。

「惚(ほ)れてるもんな」

「もうっ！　怒るからー」

あたしはついに立ち上がった。

「図星だもんな」

「そうだよ。文句ある？」

あたしは鎖骨(さこつ)に親指が当たるようにして瞬の首に両手をかけ、ちょっと力を入れて後ろに押した。瞬はあっけなくベッドに倒されて、あたしにぶつかられちゃ困ると思ったのか、下ろしていた両足まで布団の上に素早く乗せた。

あたしもそのままベッドに上がり、まさに瞬に馬乗り状態。

瞬の首を両手で押さえつけたまま呟く。

「惚れてるよ。だからあんなのなんでもないんだよ」

瞬は自分の首にかけられている両手をはずそうともしないで、ただあたしをじっと見つめてくる。

「あの子、寄松くんはミルクを見つけてくれた男の子。瞬の高校の一年生だよ。記念にって、あの子のお母さんが写真を撮ったの。それをあたしの携帯に送ってきてくれただけ」

「…………」

「瞬？」

「……惚れてるのは、俺のほうだろ？　悪いことだってわかってても、夏林の携帯に、他の男の写真があるって、ただそれだけのことが許せない」

「瞬……」

胸が、小さく切ない悲鳴をあげる。

瞬の首から両手を離して、身体を起こそうとした瞬間、両の手首を強く摑まれた。

「離すな」

「え?」

「離すなよ」

そう言った瞬はゆっくりあたしの手首から両手を離し、それを、首の後ろと背中にまわして、やおら引き寄せる。

「え」

「今度はストップかけるなよ」

あたしの身体を包む瞬の両手がどんどん力を増し、すでに顔が、目の前に迫っている。唇が、触れそう……。

もう、どうあがいても自分の中の、あふれる〝好き〟を押しとどめられない。あたしは、観念してそろそろと目を閉じた。

両手に感じる瞬の首筋の脈が、はっきりわかるほど速くなっていく。


「おーっとお前ら! そこまでだっ!! 病室でいかがわしいことしてんじゃねーよ」

「あーあー!! 夏林ちゃんってそういう趣味のコだったんだね」

「あー夏林ちゃん、いけないんだぁー! 先生に言いつけちゃおっかなー三浦くんの」

「夏林、ごめん」

よく知った声がせまい病室に四つ響き、あたしは飛びのくように瞬の上から身体を起こした。ベッドからも降りようと、素早く後ずさりする。慌てまくった結果、ドサリと背中から床に落ちた。

「いったぁーい！」

まくれあがりそうなスカートを落ちながら押さえる、というすごい芸当があたしにはできる。できるくらいに慣れちゃったんだよね。

「もう毎度毎度このパターンやめてくんねぇかな。ちょっとは気ぃきかせろよ。なんのために個室にしてんだかわかんねぇ」

腰をさすりながら起き上がると、やっぱりドアから中に入ってこようとしているのは瞬の高校の同級生。同じサッカー部で親友の佐久(さく)くんと駒形(こまがた)くんだ。そのあとに続いているのは駒形くんの彼女の華乃(はなの)ちゃん。つい最近、佐久くんの彼女になったばかりの千春(ちはる)だ。

ほんとに狙(ねら)っているんじゃないかと思うくらいこのパターンが多い。

それでもあたしも瞬も、お互いしか見えない距離まで近づくと、学習したはずの教訓が簡単にリセットされる。

四人とも青葉西高校に通う三年生で瞬とつるんでいる。

小さい頃からのサッカーつながりで、いつも仲のいい男の子三人と彼らの好きな子たち——めでたく佐久くんと千春もつき合い始めたから、その彼女たち？——という関係で、あたしたちはみんなが友だちだ。

瞬が入院したことで、いつも面会可能時間には病院にいるあたしと、頻繁にお見舞いにくるこの人たち。

華乃ちゃんは、卒業後は本格的な芸能活動をすることが決まっていて、今もレッスンで忙しいからめったに来られないけど。

恵が丘女子というお堅い高校に通うのはあたしだけ。でもいつの間にかすっかり、瞬の高校である公立の青葉西の空気に溶け込んでしまっている。

瞬が六人部屋にいた頃、来訪者の人数が多い時は、いつも談話室に移動していた。でも個室は多少しゃべっても迷惑にならないところがすごく便利。

今日も四人はお菓子や瞬の好きな漫画を買ってきてくれている。ベッドを囲うようにパイプ椅子をいくつも並べて、学校であった面白い話や、一年近くも友だち以上恋人未満の位置から昇格できなかった、佐久くんの恋愛へタレ話で盛り上がっていた。

あたしもこの青葉西軍団の会話の輪にいつも問題なく入っている。

でも、ほんのふとした瞬間、その空間から自分はかなり引いて目の前で繰り広げられる五人のワンシーンワンシーンにしばし見とれることがある。

美しい、という言葉そのものが目の前に存在している。

西向きかげんの病室の窓は、午後の陽(ひ)に、それ自体が白く光を放っているようだ。

制服を着た男女が思い思いの格好でパイプ椅子に座ってくつろいで笑う。

お互いを信頼しきっている素(す)の笑顔。どの一瞬を切り取っても立派な絵画になる。

多くの高校三年生が仲間と別れていくように、こんなにもきれいな風景をつくるこの五人も卒業したらバラバラだ。

あたしは瞬を、独り占め(ひとりじめ)する気持ちになれない。


一時間半くらい四人は病室ですごし、夕食の時刻には来た時と同じように、四人一緒に帰っていった。

あたしはいつものように瞬と一緒に夕食を食べる。自分用にお弁当を持ってくる時もあるけどたいていはコンビニだ。

それから瞬は地下のリハビリ室に行って一通りのリハビリをする。その間もあたしはガラス張りのリハビリ室の外から瞬を見ている。

まるでストーカーだな、と自分でも思う。でも不思議なことに、どんなに見ていても飽(あ)きるということがない。

面会時間の終わる八時少し前に、あたしは瞬の病室を出る。

夜はまだまだ寒いから、ぐるぐるに巻いたマフラーを口元まで引き上げる。温度は低いけど、そこまで来ている春の匂いが日に日に濃くなっていく。

病院のゲートを出たところで振り返って瞬のいる個室を見上げる。

庭にいくつか外灯があるから、出てきたのが誰だかはわかるものらしい。窓際に立っている瞬が、あたしに向かってはっきりわかる動作で手を振る。思わず口元から笑みが漏れる。あたしも顔の横まで手を挙げて、それを大きく振ってこたえる。

幸せ。いつまでも高校三年生が終わらなければいいのに。

女子校で、特に積極的なわけでもないあたしは、当然のように男の子と全く縁がなかった。楽しくはあるけど本当なら女の子同士で群れているだけの高校時代になるはずだった。入学当初からひそかに憧れていた同じ通学駅を使う、他校の男子生徒。それが瞬だ。複雑な過程をへて、今、つき合っていることが奇跡だよ。

女の子だけでも充分楽しかった。友だちとうまくいくこと、家族や大切な人との関係がきちんと成り立っていることは、生活を送るうえで最低限の基盤だと思う。生きていれば多かれ少なかれ波風がたつ毎日は、支えてくれる人の存在があってこそ乗りきれる。

貴重な高校時代に、瞬は、あたしにそれ以上のもの、基盤の何十倍も何百倍もの計り知れないほどの輝きをくれた。

病院から完全に見えない位置に来てから、あたしは、スクールバッグにしまわないで、制服のポケットに入れたままにした携帯をそっと取り出した。

「瞬、ほんとに消したんだな、あの写真」

あたしは、もう一度ファイルを確認する。

高校時代に、最低限の基盤がなかったら、そこで生活していくことが難しくても、仕方のないことなのかもしれないと、消されたファイルに写っていた男の子の面影を思い浮かべてぼんやり思う。

画像を一枚削除された真新しい携帯に視線を落とす。こんな最低なことをされて嬉しいと感じるあたしは、完全に瞬ボケだと自覚はしている。

実際、瞬はやっぱりヤキモチ焼きだ。

大けがをして、サッカーを奪われるかもしれないという十八年の人生で最大の苦悩を、ようやく乗り越えたばかりの瞬。だから特に今は、ほんの少しでも辛い思いをしてほしくないし、心を乱してほしくない。

〝あたしはちゃんと瞬にはなんでも話すから！〟

そんなことできていないのに、思わず瞬に叩きつけるように言ってしまった言葉を反芻して、深い溜息をついた。

あたしは、どうするべきなんだろう。三日前、ミルクが保護されたあの日のことを思い出す。

寄松くんの後について、自転車を押しながらゆるい勾配(こうばい)の坂を上がった。もうすぐミルクに会えるのかと思うと心臓が激しく鼓動する。ママに電話をするのは、寄松くんが保護してくれた猫が、本当にミルクだと確認してからにしようと思った。ここまできてまさかとは思うけど、ぬか喜びなら、それはあたしだけで充分だ。

「こっちです」

寄松くんの家はあたしの家から歩いて五分くらいのところにある一軒家だった。ちょうどこのへんで中学の校区が分かれる。たぶん寄松くんはあたしと同じ中学じゃない。

北欧(ほくおう)を思わせる、きちんとした庭つきの瀟洒(しょうしゃ)な建物。うちのほったらかしの庭なんかとは根本的に違う、ナチュラルだけど計算されつくした手入れが行き届いているそれには、白い珍しい花が地面をはうように広がって咲いていた。ここだけ一足早い春だ。

「見たことない花。バラ？　じゃないですよね？」

「クリスマスローズです。ローズってついてるけど、バラとは違うみたいですね」

「へぇ。これが」

名前は耳にしたことがある。学校の緑化委員をやっているあたしでも、なじみのない花だ。

「ただいま」

大きな、凝った飾りのついた玄関扉を寄松くんは開ける。

「利一おかえり。いいわよ、そのまま学校——」

奥から女の人の声がする。

「いや、見つかったんだ。猫の飼い主さん」

学校、と女の人が言ったところで、あたしはようやく違和感を覚える。そういえばもう学校が始まっている時間だ。寄松くんは制服を着ている。

え、もしかして、ミルクのエサのために学校へ行くのをわざわざ遅らせてくれたの？三年には見えないよね。寄松くん、自由登校じゃないよね。

寄松くんは、かっこいい、というよりは、美しい、というタイプ。涼やかな目元とか整いすぎている鼻筋や薄い唇が、マネキン人形を連想させる。肌も男の子にしては白いほうだと思うし、背もあたしとほとんど変わらない。

「寄松くん、ってあの、何年？」

「一年」

やっぱり！　自由登校じゃない。

「ごめんなさい。もしかしてミルクのために学校、遅れちゃったの？　あたしすぐ失礼するから学校行って？」

なんて迷惑をかけているんだろう。引っ掻かれてまで木からミルクを降ろしてくれたって言っていたし、キャットフードだってこんなにたくさん買いに行ってくれた。

「気にしないでください。こっちです。入って」

「利一、ほんとに……まあ！」

軽快なスリッパの音をさせて玄関まで出てきたお母さんと思われる女の人は、あたしを、ちょっと驚いた面（おも）もちで見つめた。

「は、はじめまして。あの、うちのミルクが多大なるご迷惑をおかけしたようで。あの茶色で片っぽ眉毛のある猫なんですが、ほんとにミルク——」

「そうそう、大丈夫。その猫よ。さ、上がってくださいな。あ、わたし、利一の母です」

寄松くんのお母さんは、スリッパ立てから、豪華な金色の刺繍（ししゅう）が入った、大講堂の垂れ幕で作ったようなスリッパをあたしの前に並べてくれた。

それからくすりと笑った。

「懐(なつ)かしいわね。その制服にその二つ結びの髪型。恵が丘女子よね？」

「そうです」

乗り換えの駅ではごくたまにこの制服は見かけるけど、地域的にうちの高校へは、このへんからはたくさんは入学しない。ここの家のお姉さんが数年前に卒業したっていうから、母親としてはこの制服に郷愁(きょうしゅう)を感じるのかな。


「ほんとにミルクだ」

通された部屋のすみのほうに、何かにおびえるようにして茶色い猫がうずくまっていた。こんなに小さくなって、震えているの？　昨日、おそらく何かに追い立てられるようにうちの庭から出てしまい、その後一晩、木の上で過ごして、よっぽど怖い思いをしたに違いない。

「ミルク」

二度目に呼びかけた時、ミルクはようやくあたしの前にのそのそあるいてきて、真ん丸の目であたしを見上げた。それから、足に身体を摺(す)り寄せてくる。

「もうミルクー。どんだけ心配したと思ってんのー」

あたしは腰を落として、持ってきたケージを横に置き、そのままミルクの前にしゃがみこんで膝に抱き上げた。

「本当にありがとうございました。もうなんってお礼を言っていいか――」

その体勢のまま、振り向いて寄松くんと彼のお母さんを見上げたら、二人とも、なぜだか表現しがたいような複雑な顔つきであたしを眺めていた。

あたしが言葉をかけても、すぐには反応が返ってはこないくらい、ぼーっとしていた。

「ああ……。あの、ごめんなさい。お茶でも淹れましょうか？　それともすぐ学校へ行かれるの？」

「いえ、あたしは三年なので自由登校なんです。あ、今日は用事で学校行きますが、急ぎませんので。寄松くんは学校へ行ってください。ミルクのせいで学校も遅れたり、申し訳ないです」

ミルク。これからこんなことがないようにするには、どうしたらいいんだろう、と頭のすみで考える。

「利一、このまま学校、行く？」

「ああ……うん」

あたしはミルクを抱いて立ち上がった。

「寄松くん、本当に本当にありがとう。寄松くんがいなかったらミルク、どうなってたか、わからない。寄松くんはミルクの命の恩人だよ。この恩は一生忘れません」

あたしは深々と頭を下げた。

「ね……あの、記念によかったら、一緒に写真を撮りましょうか？　利一が人からこんなことを言われるなんてお母さん嬉しくて」

「え？　写真？」

正直、少し、いや、かなり驚いた。

あたしは、この人たちにとって、自分の家に迷って入ってきた猫の飼い主というだけで、今までもこれからも、ほぼ関係のない人物だ。

でもミルクを保護してくれたうえ、大切に扱ってくれた人の申し出を断るのも気が引けた。

年頃の男の子が知らない女子と写真だなんて、嫌がるだろうと思ったけど、素早く自分の携帯を、たまたま並んだ位置にいた自分たち二人に向けてきた母親に、寄松くんは異を唱えることもなかった。

かくして、あっという間に猫を抱いたあたしと寄松くん、という接点の薄いツーショット画像が出来上がってしまった。

一瞬、瞬の顔が脳裏をかすめる。あの見当ハズレヤキモチ男、こんなのにも妬いてくるかな。ちょっと面白かったりする。

「あらぁ！　素敵に撮れてるわぁ」

自分の携帯の画像を確認して、寄松くんのお母さんが、満足そうな声をあげる。

「藤谷さん、あとでアドレス教えてね。送るわ」

「……はい」

「じゃあ学校行ってくる」

「うん。大丈夫よね」

また、なんとなくひっかかりを感じた。

大丈夫よね？　もう高校一年も終わりに近い。遅刻しちゃったから先生に怒られる、という意味だろうか？　厳しい先生が青葉西にはいるのかな。

　そう思いながら部屋を出る寄松くんの後ろ姿を見送っていたら、彼はふいにあたしのほうを振り向いた。

「藤谷さん」

「はい」

「あのー、よかったらその猫、また見せにきてくれませんか？　自分で木から降ろしたり、エサ買いに行ったり、誰かのため……、あ、動物だから誰か、っていうのも変だけど、誰かのために一生懸命（けんめい）になったのが久しぶりで、なんか、愛着わいちゃって」

「あの……えーと、はい」

　と、答える以外にあっただろうか。これだけミルクがお世話になったんだ。

「腑に落ちない、って顔してるわね」

ミルクをケージに収め、クラシックな洋風の応接室の花柄ゴブラン織りのソファ——そうそう大講堂の垂れ幕ふうスリッパだと思っていたけど、ゴブラン織り、という正式名称を思い出したよ、ふはは——に座り、出していただいた紅茶を飲んでいると、いきなり寄松くんのお母さんがそう言った。あたしの正面に腰をおろしている。

「いえ、そういうわけでは、ないです」

「わかるわよ。一般的な高校一年にしてみたらかなり幼いわよね。あの子」

最初はそんな印象はなかった。

確かに高一にしては、身長は小さいかもしれない。声も若干高くて、変声期が終わりきっていないような感じも受ける。

でも違和感を持ち始めたのは、家の中に入ってお母さんとやり取りを始めてからだ。

家の中の男の子の様子なんて、瞬か、弟の雅哉か隆哉くらいしかあたしは知らない。その三人より、寄松くんはずっとお母さんに対する物腰がやわらかいし、言葉遣いも丁寧だ。

……裏をかえせば、よそよそしい？

「藤谷さん、下のお名前はなんておっしゃるの？」

「夏林です。藤谷夏林。ナツにハヤシ、って書きます」

自分の名前の漢字の説明はいつもこれだ。

「夏林ちゃんか。いいお名前ね。夏林ちゃんのカはナツ、か……」

「は？　はぁ」

寄松くんのお母さんは、〝しげしげ〟以上〝無遠慮〟未満くらいの視線でずっとあたしを眺めている。最初に会った時からずっと——。

「利一にはね、姉がいるの。ヒメカって名前なのよ」

ああ、お姉さんの名前か。恵が丘に通っていた、というお姉さんの名前がヒメカでそのカが、ナツ、ではないということか。

「お姫様の姫に、果実の果。それで姫果（ひめか）」

「きれいな名前ですね」

「不思議ね。とりたてて顔が似ているってわけじゃないのよ、夏林ちゃんと。でもそこにその制服で、二つ結びの校則そのままの髪型で座っていると、なんていうのかしら、既視感（きしかん）？　姫果が戻ってきたような」

「え——!!」

あたしは立ち上がらんばかりに驚いた。寄松くんのお姉さん、姫果さんは死……。

一瞬あたしの様子にきょとんとした寄松くんのお母さんだったけれど、すぐにくすくすと口に手をあてて笑い出した。

「ごめんごめん、違うわよ。ちゃんと生きてるわ。元気よ」

「ああ……なんだ……」

ほんとに数センチ浮いていたお尻がまたすとんとソファの上におさまった。

「うちは利一が生まれてからもずっと共働きで、ろくにかまってあげることもできないくらい忙しかったの。それで、母親がわりだったのが利一の七つ上の姉の姫果」

「そうなんですか」

お姉さんが、寄松くんが寂しくないように一生懸命お世話をしたのかな。

うちも今は共働きだけど、ママはパートで時間は長くないし、それを始めたのも、下の隆哉が小学校四年くらいになって、完全に手が離れてからだ。あたしも弟が二人いる長女だけど、母親がわりだなんてとんでもない。

「わたしは、仕事優先の仕方のない母親でね。利一だけじゃなくて、どれほど姫果にも負担をかけていたのかわからない」

「はぁ」

でも今はこうしてこの人は家にいる？　死んでないし、姫果さんはどこかで働いているのかな。

「姫果が大学を出た次の年、今からちょうど一年前にね。姫果は、サンティアゴに嫁いだの」

「ん……？」

あたしの眉間にしわがよったのが、自分でもはっきりとわかった。

サンティアゴ。えーと、どこだっけ？　あたし、理系なんだよね。センター試験は受けたけど、地理を選択していない。

確か、ブラジル？　いやー違うな。でも南米のどこかだな。響き的にそのへんの気がする。メキシコとか、アルゼンチン？　あれ？　メキシコは南米じゃないか。

とにかく、遠い、遠いってことだけは間違いないと思う。日本から直行便のない地域？

「南米よ。チリの首都」

「ああ……」

あたしの眉間のしわを慮ってくれたらしい。

「突然だったわ。夫は猛反対したのよ。そんなところに嫁ぐなら勘当だって言ってね」

「なんとなく、わかるような気がします」

うちのパパだって、突然あたしが瞬と結婚してサンティアゴに行くって言ったら、泡をふくな。

瞬とつき合っていることは、パパにだけは内緒だ。瞬はぜんぜんパパに会ってもオッケーな性格なんだけど、今はまだ、つき合っている子がいることをなんとなくしか言っていない。

主にパパが聞きたがらないから。話そうとすると避けるから。父親ってそういうものなんじゃないのかな。

「姫果、行きたいって泣いてね。相手の男性が留学でこっちに来てたから知り合ったんだけど、大きな家の跡取り息子で、どうしてもサンティアゴに戻らなくちゃならなかったの。姫果を連れていきたがった」

「そうなんですか」

「わたしが、行きなさい、って言ったの。ずっと、わたしの代わりに家事育児をしてきて、自分だって寂しかったはずなのに、まず、利一のことを考えるいい姉で」

「ほんとですね」

「利一ももう高校生になるし、自分の幸せを考えなさい、って。わたしが仕事をやめて家に入るし、夫は、なんとか説得するからって姫果の背中を押したの。でも、けっきょく駆け落ち同然だったわ」

そうなんだ。幸せでいてくれればいいな。今はお父さんも許してくれたのかな。

「姫果さんは、幸せ、なんですよね」

「どうかしら?」

「え?」

「夫とは和解したのよ。でも利一のことで思い詰めて、うまく幸せになれていないんじゃないかと、姫果のことも、とても心配」

「寄松くんのことで、思い詰める？」

「利一は姫果に、捨てられたと思ってるふしがあるのよ。もう最後は喧嘩別れだった」

「えっ？」

「姫果は利一にとって文字通り母親代わりだった。でも自分より、大切な人がいたんだというこ とがショックだったのよね、きっと」

「捨てられたなんてそんな」

「姫果が出ていってから、情緒不安定、というか」

「そうなんですか？」

そこまでは見えないけどな。

「利一は今、保健室登校なのよ。まともにこの一年、授業を受けていない」

「え」

「夏林ちゃん。こう、やわらかいけど、明るくて芯はしっかりして見える。外見っていうより雰囲気が似てるのね、姫果に。それでその制服でしょ？　姫果もそうやって二つに縛って学校に通ってたわ。恵が丘女子にね」

「…………」

「あんなにおだやかなあの子の……利一の顔を見るのは、姫果が行って以来初めて。また猫を見せに来てくれ、だなんて。あの子がそんなこと言うなんて本当にびっくりしたわ」

「…………」

「また、来てあげてくれない？　夏林ちゃん。そうすれば、あの子、保健室じゃなく、ちゃんと教室に入って授業を受けてくれそうな気がするのよ」

「…………」

「あれから一年がたってるし、だんだん気持ちの整理もついてきてるんじゃないかしらね。あと少し、なにかきっかけみたいなものがあればな、と思うのよ」

2　夕闇の中、きみに手を振る

「夏林(かりん)」

「…………」

「夏林ちゃん」

「…………」

「おっ！　あれって夏林の高校の友だちじゃーん？　すげぇ！　この寒いのにビキニで歩いてんだけど。やべ、ヨダレが！　俺ちょっと近く行って見てくるわ」

「はぁー？」

　伸びあがって背後を覗(のぞ)くようにしている瞬(しゅん)の動作に反応し、あたしは思いっきり胡乱(うろん)げな声を出して振り返った。ショッピングモールの往来(おうらい)に、そんな常識はずれな人物はいなかった。

「一応人の話、聞いてたのか。なんだよ、せっかくのひっさしぶりデートだってのにさー。外出許可とるの、けっこうめんどいんだぞ。今日は時間が長いから」

病院の目の前からバスに乗ってこられるショッピングモールの中で、瞬と手術後初めての外出デート。

洋服屋さんやバッグや靴、小物のお店からおしゃれな飲食店まで充実ラインナップの人気スポットのフードコートの角で、瞬とあたしはテーブルを挟んでいる。目の前にはコーラとココア。

「それは瞬が病院の規則、破ってばっかいるからでしょ？」

「俺、ちゃんとリハビリはやってるもーん！　院内リハビリ選手権があったら間違いなく優勝のレベルだな」

「そりゃ、このうえリハビリやらなかったら置いてもらえないよ。先生たちだって、早く瞬のこと、復帰させたくてがんばってんだもん」

片松葉ですでにどこにでも行けるという状態の瞬は、先週、やっと病院から学校に付き添いなしで通う許可がでた。

瞬の学校だって自由登校で、三年生はほとんど学校に行ってはいない。だけど、彼は卒業のために多少無理をして通ってでも出席日数を稼ぐ必要がある。けがで二学期の期末考査は受けていないし、まだ自由登校になる前の時点から欠席もかなりした。

一年の時から公欠以外でも、サッカーの遠征で休まなければならないことが多かった。

た。
U18日本代表での遠征でも、公欠扱いになるものとならないものがある、と前に言ってい

でもそういう事情がなくても、学校が大好きな瞬は、けっきょく登校していたような気がする。

進学しない子や推薦入試でもう大学が決まっている子、受験が終わった子たちは学校にきて部室でたむろしているらしいから。

片松葉だから、移動が楽な、床がフラットな場所、というだけでここを選んだけど、久々のデートはすごくすごく嬉しい。のは本当なんだけど。

「……ごめんね。ちょっと卒業前で、いろいろと感傷的になっててさ」

「ん？」

「ちょっとぼーっとしてたかも」

「卒業かー。はえーな。俺はしばらくニートだな」

「うん。ニートアンド大学生のおつき合い」

「うわ！　最悪じゃんそれ」

「最悪でも別にいいよ」

ニートが終わったら……あたしたちはお別れだ。

「ダメだよ、さ、行こうぜ夏林。次どこ行く？」

「んーとー。ここでしゃべってるだけでよくない？　瞬、片松葉で歩きまわるの大変でしょ？」

だぼっとしているカーゴパンツだから見えないけど、膝にはまだ装具もついている。

一般的な靭帯再建だったらもう松葉杖はいらない時期らしい。でも、瞬の場合はものすごくおおがかりな手術だったことと、これから長期にわたってサッカーをやっていくことを第一に考えて、先生たちが大事を取っている。筋肉が傷ついた膝をがっちり守ってくれているから、回復はおどろくほど早いらしいけど。

あたしは瞬と一緒ならどこでも楽しいもん。やっぱりちょっと外に出るだけで病室とは色彩の数が圧倒的に違う。無理に動かなくても、ここで充分デートだよ。

なのに、瞬は立ち上がった。

「ゲーセン行こうぜ。さっき夏林、クレーンゲームのでかいクマかわいいいっつってたじゃん」

「えー、あんなに大きいのは取れないよー」

「やってみなきゃわかんねぇじゃん」

「そうだけどー」

アウトドアブランドの小さめリュックを背負った瞬が、松葉杖を持っている方とは逆の右手をあたしに差し出す。こうやって手をつないで外を歩きまわるのは、新鮮に感じるくらい久しぶりだ。

つないでいるのがあたしは左手。瞬は右手。これはけがをする前とは逆だということに、実際手をつないでから気づいた。瞬は今、左手に松葉杖だから、このスタイルになる。

つき合って九か月。すでにあたしたちのスタイルが出来上がっていたのが、うれしかった。


ゲームセンターで交互にクレーンゲームをやる。クマのぬいぐるみは、その毛並みの色合いがうちのミルクにそっくり。茶色なのに、どうしてミルクって名前がついているのかとよく聞かれるけど、うちに来た赤ちゃんの時に、子猫用ミルクが大好きすぎるコだったのだ。離乳食に移行するのに苦労した。

「はい。とれたぞ」

瞬がクマのぬいぐるみを渡してくれる。

「ありがとー。もうどれだけお金使ってるのよー」

両手でむぎゅーっとクマのぬいぐるみを抱きしめながら上目づかいに瞬を睨んだ。

「夏林ってもう妬けるくらい飼ってるペットが好きだよな。これもミルクに毛並みがそっくりだからだろ？」

「そうか。そうなのかも」

「犬でも猫でも、トトメスやミルクと同じ種類のにはすぐ反応するし、今年のスケジュール帳はやけにリアルなセキセイインコだし。あんなの使ってる女子高生がいるかよ」

トトメスはうちで飼っているフレンチブルドッグの名前だ。

「瞬だって反応してるって。特にインコには」

「かもなー。イクラとトロ、やっぱ手乗りにしようとすると手ぇかけなきゃだしなー。夏林もそうやってペットの世話してんのかと思うと俺の恋敵は動物か！　ってカンジだわ」

「ふうん」

同じことを考えるんだな。あたしの恋敵はサッカーボールだ。

「イクラとトロの世話でなんかひっさびさにサッカー以外の本読んで研究したよ。夏林は大学行ったら全部あれか」

「そうだね。瞬がサッカー雑誌を読んで研究するより厳しそうだなー。瞬はサッカー関係は苦にならないもんね」

でもあたしは、勉強じゃなくなるほどは、きっとのめりこめない。だからちゃんと勉強しなくちゃいけないんだ。あたしの大学での専攻は獣医学。いや第一志望の国立に受かっていれば、の話だけど。

「行くか」

「うん」

　瞬とあたしは手をつないでゲームセンターを出た。瞬、何時まで外出許可を取っているのかな。もう帰るのかな。

　春が近づいて、いつのまにか陽(ひ)が延びていたとはいえ、もうそろそろ暗くなる。早いな。瞬といると、たぶん一分は六十秒じゃなくて三十秒なんだ。

　瞬は片松葉でも歩くのがちっとも遅くならない。もうぎくしゃくした歩き方もしていない。だから軽く手をひかれるように、あたしの前を行く。

「夏林さ、なんか困ってることとか、あんじゃねーの？」

　あたしのほうを見ないで、歩きながら、昨日のテレビの話でもするようにさらりと瞬が言った。

「え、なんで？　……ないよ。別に」

　さっき、フードコートで、瞬の話に生返事(なまへんじ)ばっかりしていたから、そんなことを聞くのかな。せっかく遊びに来たのに、ほんとに悪かったと思う。

「そっか。ならいいけど」

　あたしたちはショッピングモールを、入ってきた時とは違う出口から出た。

「瞬、バス停そっちじゃないよ」

「あっちに広い公園みたいのある。あれ、ドッグランじゃねーの？」

遠目に見ても茶色い小さいものが走り回っているのがわかる。ここの施設にはドッグランがついているのか。うちのトトメスなんて、遊ぶのはいつも砂浜だ。こういう有料のドッグランって犬にとって面白い仕掛けがしてあるのかな。

「瞬、時間大丈夫？　いいの？　見ていっても？」

「いいよ。まだ平気」

片手にさっき瞬が取ってくれた巨大クマを抱いて、ふざけてわざと大きい動作で彼を覗（のぞ）き込んだ。

「また規則は破るためにある、理論じゃないよね？」

「規則はなんどか破ると原則になる。原則は優先事項が発生すると例外が認められる」

「うわ！　出た！　瞬の自分だけ理論。よくわからないー」

「いいの！」

瞬はあたしの手をひいてそのドッグランのほうへ歩いていった。

「ふうん。こういう感じなんだね」

砂浜とそれほど変わらないかな。全面の天然芝は砂浜よりもずっと走りやすそうだけど、わざと作った起伏（きふく）は、自然を模（も）しているから、トトメスをたまに連れていく波打ち際（ぎわ）に軍配（ぐんばい）があがるかもしれない。

あたしは足踏みするように何度かドッグランから伸びている芝を踏みしめてみた。

「これはやっぱり犬にとってうれしいのだろうか?」

もう陽が傾きかけ、あたりは優しいピンク色。昼間は充分に暖かい日だったのに、風がひんやりする。

さっき遠くから見た茶色い犬が最後の利用犬だったのか、飼い主がそのコを抱いて、ドッグランを出ると、係の人が低い金網に鍵(かぎ)をかけた。冬の平日なんてこんなものなのか、昼間はちらほらいた人影が今はほとんどない。ショッピングモールの一部のようなものだから、純粋に遊んでいる小学生やもっと小さい子が皆無(かいむ)なのだ。

まだ茶色がところどころ目につくとはいえ、広々とした芝生は充分きれいな緑色。日当たりがいいことと、質のいい成長剤のおかげだな。公園の向こう側は海で、視界をさえぎるものがない。

遠くの方、こんもりとした流線型を描く芝のてっぺんに、一本だけ、ぽつんと木が生えていた。その下に横長のベンチがあるみたいだ。

「あそこ、行ってみようか?　なんかすごく景色がきれいっぽくない?」

「だな」

瞬は答えてすぐ歩き始めた。

「あーもう、松葉杖なくても歩けるのになぁー。めんどくせぇ」

「身体の一部のように扱ってますが」

なにをするにも松葉杖がない人と同じスピードだ。

「きれいな公園だよね」

あたしは歩いて木の少し先に行き、そこで立ち止まる。ステンレスの柵があり、その向こうはもう海だった。海しか見えない。

「夏林は海の景色が好きだよな」

瞬は後ろの、背もたれのない一枚板みたいなベンチに座っているらしい。

「そうだね。こういう景色が一番好きかも」

柵の下、コンクリートに打ち寄せて砕ける波を眺めながら答える。

けがをする前、瞬との待ち合わせは、人気のない道路沿いの堤防が一番多かった。学校帰りに、電柱の後ろに溜まっている廃棄家電の山を登って、堤防の上で待ち合わせをするというのがお決まりのパターン。

「夏林」

「なに?」

「あのさぁ」

「なによ?」

「えーとさぁ」

珍しく瞬が何かを言いあぐねている。

「なーによぉー、瞬っぽくないなぁ」

あたしは瞬のそばに戻って彼の座っているベンチの隣に腰掛け、その表情を覗き込んだ。

「ごめん」

あたしのほうを見ないで、小さく瞬がそう言った。

「え？」

「だから悪かったよ」

「え？　えええ？　何の話よ？」

「写真だよ。ミルクのこと見つけてくれたヤツの写真、俺勝手に消したろ？」

「ああ、うん。あんなのもう解決したし……。また同じことするんでしょ？　瞬。反省してないって言ったじゃん」

「おんなじことは……しちゃうかも。でも悪かった」

瞬が、こっちを向いた。いつもふざけてばかりいる瞬が、至近距離であたしの目をまっすぐ射貫(いぬ)くように見て謝ってくるから、ガラにもなくドキドキした。瞬の視線をさけるようにうつむく。

「意味わかんない。謝るっていうのは、悪いことをしたって自覚があるわけでしょ？　なのにまたするって、それはごめん、の意味がないでしょ」

瞬は片手をベンチについてそこに力をかけ、空を仰いだ。

「だよなー。だけどこう、それが嘘のない気持ちなんだからしゃーねーじゃん。悪いと思うよ。だから謝るよ。だけど実際、夏林の携帯に他の男とのツーショット写真が入ってたら、俺はまた消す」

「うん。わかった。あたしもそれは入れないようにする、っていうか、事故みたいなもんだったんだよね。あんなことはきっともうないから。逆の立場だったらあたしだって嫌だもん」

「うん」

「気にしてないってば」

「あーあーかっこわりぃのー」

瞬はいきなり、けっこうな大声でそう言うと、お尻を支点に両足をもちあげてベンチをまたいで、あたしに背を向けて座る体勢を取った。

瞬なりに悪いと思っているんだよね。だから、やっきになってこういうのを取ってくれたりするんだ。

あたしは持っていた大きな茶色のクマを鼻先まで持っていって抱きしめた。

自分の家のペットが大好きなあたしに、こんなドッグランがあるぞ、って見せてくれたりしているんだ。

「しゅーんー」

角に座っていたあたしは、地面に半円を描くように足を動かして、ベンチの反対側に体勢を移す。これでまた、瞬の隣だ。

「あの日あたりから、夏林、なんか考えこんでることが多くなって……どうした、って聞い……ねーし」

聞き取りにくいほどの小声で瞬が呟く。

夜の、強くなった海風が、昼間、誰かが食べてそのままにしたらしいクレープの包み紙を、枯葉と一緒に右から左に吹き流し、それがアスファルトに擦れてカサカサと乾いた音を立てている。

「夏林」

「なに？」

「好きだよ」

「あたしもだよ」

「省略するなよ。あたしもだよ、は不合格」

よくばりめ。

「あたしは三浦瞬が大好き。世界で一番大好き」

くはっと笑うような、おかしな声が瞬の口から洩(も)れた。

「合格?」

瞬の肩にあたしの肩をそっとくっつけて、ちらりとその表情をうかがう。

「合格」

そうささやいた瞬はあたしの肩を抱き寄せ、唐突に唇(くちびる)を重ねる。あとからついてきた反対の手で、あたしの髪をなでるように固定する。

瞬のキスは、丁寧(ていねい)だ。必ずあたしの身体を両手で包む。あたしも、両手で瞬の腕にしがみつく。

三浦瞬が大好き。世界で一番大好き。苦しいくらいにきみが、大好き。


「じゃあまたな」

そう言って病院の夜間通用口を通ったのは、もう門限の八時ぎりぎりだった。

「うん。おやすみ」

瞬に手を振り返す。

彼は前を向いてから肩越しに振り向いて、もう一度手を振る。何度も何度も見てきたこの動作があたしは大好きだった。

けがをする前、いつも瞬はあたしの家の前で、この動作をしてからなだらかな坂を下っていったものだ。その背中にいつも思っていた。

次の待ち合わせは朝の六時四十分、あと九時間、瞬に会えない。次の待ち合わせは朝の七時四十分、あと十時間、瞬に会えない。

朝練のある時ない時、朝、待ち合わせができる時、できない時、別れる時間もまちまちだった。

今は朝、待ち合わせがない。あと十九時間、瞬に会えない。

瞬のけがが治ったら、もっともっと、もっともっと会えない。

◇

瞬の病院から一度家に帰るともう九時近い。そのままあたしは、デートの余韻に浸る間もなくミルクをケージに入れて家を出る。

こんなことで何かが解決するとは思えない。本当にどうすればいいのかわからない、というのが正直な気持ちだ。

でもミルクの命の恩人である、寄松くんの現状を、あたしは見過ごすことが、できなかった。

「まあまあ夏林ちゃん、いらっしゃい。お待ちしていたのよ」

庶民代表、みたいな我が家とは違う、シャンデリアの輝く見上げるような吹き抜けのある玄関で、あたしはミルクの入ったケージを手につっ立っていた。

「こんな遅い時間にしかこられなくてすみません」

「いいのよ、いいのよ。わけはちゃんとうかがっているものね。わたしとしては残念だけれど。さ、夏林ちゃん、入って」

寄松くんのお母さんは吹き抜けの上に向かって声を張り上げた。

「りいちー!! 夏林ちゃんが来てくださったわよー」

あたしは促されるままに靴を脱いでスリッパに履き替え、寄松くんのお宅に上がらせてもらった。そのまま、厚さが三センチくらいはありそうなペルシャ風絨毯の敷かれたリビングに誘導される。

このような高級そうな絨毯の上に、それにとってても見合う高貴なワンちゃんが、お行儀よくうたたねをしている。真っ白で流れるほど毛足が長い大型犬だ。確か、ボルゾイ……。犬を飼っていて、そこそこ、その種類には詳しいあたしでも、ぱっとは名前が出てこないほど、珍しい犬種だった。

「珍しいワンちゃんですね。かわいいし、お利口(りこう)そう」

「ボルゾイよ。姫果(ひめか)の誕生日にお迎えしたの。シルキーって名前」

「まさにシルキーですね。このつやつや感」

「シルキーに会うのは初めてだったのね。前は上にいたのかしら」

きっとこのコがいたから、ペットが逃げてしまった、という飼い主の辛(つら)い気持ちがわかったんだろう。寄松くんは自分が引っ搔(か)かれても、ちゃんと落とさないでミルクを木から降ろしてくれた。


ミルクをこの家で保護してもらってから、あたしは一日置きに寄松家にお邪魔(じゃま)している。といってもここに来るのはまだ四度目だ。

寄松くんのお母さんとしても、何か口実が必要だと考えたのか、あたしは彼の家庭教師をすることになった。高校一年を、ほぼまるまる授業に出てこなかった寄松くんは、当然ながら、勉強も遅れている。

大学受験が終わった直後で、まだ大学生にはなっていないこの二月後半が、あたしは時間的に一番余裕がある。もし第一志望に受かっていたら、通うのにすごく時間がかかるのだ。

家庭教師をやることになった、と、もちろん、いずれ瞬には言うつもりでいる。実際こんなに近所で時間も優遇してくれるこのバイトは、あたしにとっても好都合だ。

でも、この間、ヤキモチで寄松くんの画像を消されたばかりだ。今、瞬には、いっさいよけいなことを考えずにリハビリに専念してほしい。早くピッチ上で不敵に笑うあの顔が見たいから。

好都合、好都合、どうしたってこれからの生活にバイト代は必須だ。瞬に言いにくい事実をごまかすように、この言葉で自分を丸め込む。

「夏林ちゃん、恵が丘では特進クラスだったたって言ってたわよね。姫果と同じよ。四月から国立のＴＮＫ大の、共同獣医学科、立派だわ」

「合格発表がまだなので本決まりではないんですが」

自己採点で、よほどのことがない限り、落ちないと思っているだけなんだけど、第一志望はそこだと、言ってしまった。私立にはいくつか受かっている。

「こんな格安で家庭教師を引き受けてくださって。猫の缶詰代なんていいって言ったのに」

「缶詰代は当たり前のことだし、家庭教師代も当然です。ミルクの恩人なんですから」

「ほんとに夏林ちゃん、とても清楚でかわいくて優しくて、女の子らしいわよね。明るいし優秀だし、しっかりしていて、安心して利一をお任せできるわ」

そこで寄松くんのお母さんは、おもむろに気落ちしたように頬に手をあてて うつむき、深く息をついた。

「おつき合いしている方がいるなんて、とても残念だわ」

……好都合なんだけど、勘違いの度合いもはなはだしい気がする。

彼氏の上に馬乗りになって首をしめたりする女なんだけど。

瞬がけがをする前は、堤防で待ち合わせるため、廃棄家電の山をよじ登るのが日課で、しかも、それを提案したのはあたしのほうだ。

もし、あの朝、ミルクが木から降りられないままそこにいたら、きっとあたしが木に登って降ろしていただろう。そんなことは、あたしにとっては朝飯前。

この上品な寄松くんのお母さんがその現場を見ていたら、あたしを息子の家庭教師として迎えることはなかっただろうな。

才色兼備を絵にかいたような自分の娘と、女子力がお世辞にも高いとは言えないあたしを、高校が同じだという理由で、重ね合わせることもしないだろう。

お高そうなマホガニーのリビングボードの上には、家族四人で写っている写真が何枚もセンス良く飾ってある。その中で、恵が丘の制服を着た女の子は、髪型こそ同じだけれど、あたしとは似ても似つかない美少女だった。

呼ばれた寄松くんがリビングに入ってくる。

「藤谷さん、どうもありがとう」

「ううん。学校は、今行きたくなければ、行きたくなるまで待てばいいんじゃないかな。でも、その日のために、勉強だけはしておいたほうがいいと思うんだよね」

最悪、高校はもう保健室で通す、という選択だってあるはずだ。保健室登校だって、出席日数には入るんだ。定期テストでそれなりの点数が取れていれば卒業はできるはず。高校の卒業資格さえあれば、大学へ行く、という選択肢も広がる。


寄松くんのお母さんをリビングに残し、寄松くんに案内されて二階の彼の部屋に入った。

寄松くんの机の前に椅子を二つ並べ、高校一年の数学の真新しい教科書を開く。

数学か。数学ならあたしより瞬のほうが得意だ。瞬は数学だけは好きで、ある種、彼の趣味だ。苦手の英語とは偏差値が倍違う。あたしは、数学が苦手なくせに、獣医になるために仕方なく理系を選択した。

数学は、瞬が教えたほうがわかりやすいんだけどな。

受験期、よく瞬に、ファストフード店で数学を教えてもらったことを思い出しながら、あたしは、教科書の二番目の項目のページに、手のひらで折り筋をつけた。

「姫姉は、そういうふうに教えなかったな……」

「え?」

寄松くんが何度か間違った問題を、あたしが解説しながら解いている途中、うっかり漏(も)れてしまった、というふうに、彼はそう口にした。

「あ、ごめんなさい。姉……に教えてもらうことが多かったからつい……。すみません。藤谷さんのやり方に慣れますんで」

「うん。いいよ。お姉さんはどうやって教えてたの?」

「いいんです。姉、いや、あの人の話はしたくないんで」

「そう……」

ミルクがうしろで丸くなって眠そうにしている。


勉強の休憩中、寄松くんのお母さんが紅茶とケーキを運んできてくれた。

なにも話すことがなくてどうにも気づまり。家庭教師ってこういうものなのかな。

姫果さんのことが、きっと頭から離れなくて、勉強中も思わずその名前が出てしまったんだろうに、姉とは呼びたくない。姉、という時もあるけど、そこだけ声が固く小さくなることに、最初から、かすかな違和感を覚えたことを思い出す。

幼いころから立派に母親の代わりを何年もやってきた姫果さん。ミルクを助けてくれた優しい寄松くん。姫果さんを拒(こば)んでいるくせに、あたしの、恵が丘女子の制服に懐(なつ)かしさを感じて、家庭教師として招き入れるひねくれ具合。

悲しいすれ違いをどうにかしたい、なんておこがましいことも考えるけど、部外者のあたしの意見なんか、ただのお説教にしか聞こえないだろうしな。

ふと、シルキーのことが脳裏に浮かぶ。もとは姫果さんの誕生日にお迎えしたコらしい。でも姫果さんがサンティアゴに行ってしまってからは、きっと寄松くんと、彼のために会社を辞めたお母さんで面倒をみている。かわいがっているはずだ。

「シルキーかわいいよね」

思ったとおり、寄松くんの目がぱっと輝いた。

「頭のいい犬なんですよ。やっぱかわいいですよね。なついてくれてると」

「うんうんわかる。うちには犬もいるんだよ。フレンチブルドッグでトトメス、って名前なんだけどね」

「へぇ。藤谷さんって犬も飼ってたんですね。散歩の時間に会ったことないですよね？わりと近所なのに」

「ほんとだよねぇ。シルキーみたいな目立つコがいたら絶対あたしだって記憶に残る……あー、大きくて珍しい犬がいるな、って思ったことならあるかも。かなり前だけど。シルキーって何時頃、散歩行くの？」

「……ここ最近は、朝、九時、ですかね。俺が連れていくのは。夕方は母がランダムに」

「そっか。なかなかそのランダム時間にお会いしなかったんだな」

うちのトトメスは朝はママだ。パートに行く前にちょこっと出している。寄松くんはここ一年、シルキーと散歩に行ってから学校に行くのか。九時なんて普通の子は学校だ。

ともあれ。

そこから少しは打ち解けて犬談義で盛り上がれた。ほんとによかったと思う。トトメスありがとう！　と感謝しちゃう。

すごく頭がいい犬らしく、けっこうな時間、シルキーの賢さについて熱く語られた。確かに、新聞取ってきてくれる、とかは、うちのトトメスでは考えられない。頭脳ではトトメスの惨敗（ざんぱい）らしい。

　でもひとつ、トトメスが勝てることもある。

「うちのシルキー、救急車とかパトカーのサイレンがどうしてもダメで。散歩中、遭遇すると、俺にくっついて一歩も動かない、ってヒサンなことになるんです。くっついたまま、家まで帰る、みたいな？　大きすぎてさすがに抱いて帰れないし」

「それはきついかもー、あっ!!」

「なに？」

「前に図書館から借りた本でね？　いいのがあったよ。ミルクが迷子になった時も、すごく精神的に助けられたんだよ。その本に似た事例が出てたよ。題名が『犬、猫——』」

「あー……」

「ん?」

「俺、図書館ってダメなんですよ。古本屋とかも。誰が触ったかわかんないもん、借りるって気持ち悪くないっすか?」

いいえ、ぜんぜん平気です。とても助かっています。

「そうなんだ? 古い本だから、新品はもうないかもね。残念だなー」

「まぁあんまり、ないんですけどね。散歩中、サイレン鳴らすものに遭遇って」

「ははは。だよね」

いい子なんだけど、波長がぴったりとはいかず、微妙に棒読みになってしまうこともある。


寄松くんの家からの帰り道、なんだかいろいろ考えすぎてしまって、頭が倍くらいの重さになった気がした。

こういう時はミルクをぎゅーっと抱っこしたいけど、また何かにおびえてパニックになって、あたしの腕から飛び出して迷子になるなんて事態はまっぴらだ。

ママはついに庭と私道の境にしている穴ぼこだらけの生垣(いけがき)を、猫が登れないタイプのちゃんとした塀(へい)にすることを決めた。それまでミルクは外に出さないことになった。このコもけっこうなストレスだろうな。でも悪いけど、あんな思いはもう二度とごめんだ。

「家に帰ったらむぎゅぎゅの刑だ！　ミルク」

誰もいない夜道、ミルクのケージに向かって、睨んでみた。あんまりすっきりしなかった。

瞬の病室に、今日はサッカー協会の関係の人が何人も来たり、高校のサッカー部の顧問が来たりして、やたらと人の出入りが多かった。みんな三十分かそこらで帰っていくけど、あわただしい一日だ。
瞬のお母さんはあたしに気を遣っているのか、洗濯物の替えを持ってくる時くらいしかこないし、最近は、それさえ、「自分でやりなさい！　自分で勝手に入院してるんだから！」って感じで、めっきり顔を見せなくなった。
必然的に、いつも病室にいるあたしが、そういうサッカー関係の大人の人や高校の先生が来た時には、パイプ椅子を並べたり、お茶を買ってきたりと、お世話をする。
瞬の担任なんか、あたしのことを「奥さんいつもすみません」と真顔で言う。このぴちぴちの十八歳がそんなことを言われて嬉しいとでも思っているんだろうか。微々っとは嬉しかったり、くすぐったかったりするか。

その担任の先生が今は病室にいる。

瞬は先生が来るまで、ここで自分が出場するはずだった青葉西の全国サッカー選手権の録画を観ていた。自分のチームが窮地に立たされると、「ムカつくー、ぎゃー、ムカつくー」を連発していた。あたしもその画面を観ながら、瞬が出ていたらここは大活躍の場だったのにな、と思っていた。

〝ムカつく〟がこの男を一番動かすワードなのだ。

先生がきて、瞬は一度、録画を止めた。

「藤谷さん、三浦の英語の課題、教えながら一緒にやってあげてくれないかなあ？　三浦は英語の追試だけは最後の最後までどうしても赤点でね。仕方ないから課題で卒業させることにしたんだ。もう頭が痛くなるほど英語ができない」

「はい」

「それとこのプリントね、三浦と一緒に書き直してくれる？　真面目に書いてるのかふざけて書いてるのか、あいつの場合、判別がつかないんだ」

「はい」

「このきったない字、どうにかならんのかね。字は人が読めなきゃ意味がないでしょ。せめて枠の中には入れような、って思うだろ。性格を字に出すなよな」

「はい」

「あと内容ね。この卒業後進路のとこ、なんて書いてあると思う?」

「はい」

「ニートだよ、ニート」

「はい」

「ニートじゃないでしょ。卒業後進路、っていうのはね、別にすぐって意味じゃなく、三浦の場合、けがからまだ復帰……あれ? 藤谷さん?」

「はい」

「どうしたの、これ?」

「えーと人数分にカット……えっ?」

ナイフを手にしたあたしの目の前には、十六等分くらいにされた、桜のロールケーキがあった。しかもあたしはそれにさらに、まだナイフを入れようとしている。

「えっ! ごめんなさい! あたしったら何やってんだろ! せっかく先生が持ってきてくれたケーキなのに! 湘南(しょうなん)しふぉんの春限定ケーキなのにぃー!」

「いやいや、それはいいよ、藤谷さん、疲れてるんじゃない? 毎日三浦の看病なんでしょ? こんなわがまま男は担任として推薦できないなぁ」

「でも!」

「夏林！　あたしがやるから！　頼むから病室でナイフを振り回すのやめてー！　ホラー映画観てるみたいだよ」

「あ、千春ごめん」

「そ、そうだね。藤谷さんは非常に疲労がたまってるみたいだから、これは栗橋がやりなさい」

あたしの手からナイフを取り上げた千春は、反対の手で、今切ったらしいロールケーキの一片をつまみ上げた。

「わー、カマボコみたい。ぺらっぺらー！　これにさらにナイフ入れるってもう職人技だよ、夏林。ね、先生？」

「そうだね。ちなみに今月ピンチのとこを奮発したんだけどね」

「すみませんでした」

あたしはしょげかえって頭をさげた。

「やっぱり、藤谷さんちょっと疲れてるんだよ」

「そんなことないです。あたしが勝手にここにいたくて――」

「夏林」

ちょっと鋭い瞬の声が飛んだ。

「え？」

「夏林、今日はもういいよ。帰って休め」

「えー!!」

「ほら、あとはもうリハビリだし。今日は人いっぱい来てて、お前の好きな、俺に馬乗りができな──」

「やめてってば瞬！　なに言いだすのよ」

あたしは瞬のところにすっ飛んでいって、後頭部とその口元を両方の手で力いっぱい押さえつけた。

「ふぅん、夏林ちゃんはやっぱあれが好きなのか。ちょっと瞬がうらやましいかも」

「もう佐久(さく)くんまでバカなこと言わないでよ。あんなのふざけ……」

そこで頭が軽くくらりとした。もしかしたらほんとに調子がよくないのかもしれない。いろいろふだん使わない頭の筋肉を使っているのかな。想定外のことが起こり過ぎる。

「夏林。今日はもうほんと帰れって。お前が倒れちゃしょうがねーだろ」

そんな、倒れるほどの看病なんてしていないよ。洗濯は瞬が病院のランドリーで全部やっているし、ご飯は勝手に出てくる。あたしはここでしゃべっているだけだ。お客さんが来た時にパイプ椅子を並べる程度。

「今日は、帰ります……。ごめん千春、あとお願い」

あたしはすごすごと椅子の上にあったスクールバッグを取り上げた。

「夏林気をつけてな」

いつも見送りに出てくれる瞬だけど、今日は学校の先生も、まだ佐久くんと千春もいる。ベッドの上からあたしに手を振った。

「うん。また明日来るね」

病院の正面玄関を抜ける。ここが開いている時間に出ていくの、本当に久しぶりなんだな。どれだけ、瞬にくっついているんだろう。本当は、少しずつ、瞬のいない時間を増やしていく訓練をしたほうがいいのかもしれない。

気づけば、病院の、満開だった桃の花は終わり、固い桜のつぼみがちらほらと、見え始めていた。吹く風の温度が一度あがるたびに、確実に、春の気配が濃くなっていく。冬から春。春は、神聖で、寂しい。

「夏林、待ってー」

「え?」

後ろから人の走る靴音が聞こえてくる。あたしは足を止めた。

「千春、どうしたの?」

「なんかね、今日、人がたくさん来たでしょ? プリンとかゼリーとか果物とかいっぱいもらったから、夏林にもちょっと持って帰って、だってさ、三浦くんが」

「あー、そうなんだ」

「ここのプリン、夏林ちの弟さん、好きなんだってね」

「ああ、ほんとだわ」

千春は紙袋の中から牛乳瓶(びん)を模(かたど)った容器に入ったプリンを出してみせた。

「大丈夫？　夏林、なんか悩んでることとか困ってることがあるんじゃないの？　最近ぼーっと考えすぎだよ。せっかく受験終わったのにさ。聞いてもいいことなら、あたし聞くよ？」

「そうだねー」

そこでなぜか、千春は必要以上にあたしに近寄ってきて、彼女らしくないどこか含みのある笑顔を見せた。耳打ちするようにささやく。

「あのさ」

「ん？」

「いいこと教えてあげる」

「え？」

「夏林さ、受験の時よく地元の駅のとこの、図書館使ってたんだってね」

「ああ、うん。使ってたよ。瞬がずっとサッカーの部活をやってたでしょ？　だから、瞬の部活が終わるまであそこの閲覧室(えつらんしつ)で、勉強しながら待ってた。古い図書館でさ。蔵書(ぞうしょ)の数が半端ない――」

「あそこの図書館さ、うわさがあるの、知ってる？　都市伝説的な」

「え？」

「ほんとに困ってるなら、今までで一番自分を助けてくれた図書館の本に頼ってみるんだって。うまくすれば交換ノートが挟まってる」

「交換、ノート？　なにそれ？」

「なんかね。すごく大勢いる司書の中に、心理学にめちゃ強い人がいるらしいんだよ。その人が相談に乗ってくれるんだって。誰だかはわかんないけど」

「まさか。だってその人を一番助けてくれた本だとか、その人が困ってるだとか、そんなのなんで司書の人がわかるの？」

「さぁ。借りていく本を見てるとか？　心理学専攻の学生かも？　自分の研究のためだって話もあるよ」

「ありっこないでしょ。そんなこと」

「だよね。まあうわさよ、うわさ！　ただの都市伝説だよ」

「うん……千春」

「なに？」

「ありがと。気にしてくれたんだよね。あたしが、今日あまりにもぼーっとしたヘマしてるから」

「夏林のぼーっとしたヘマは今に始まったことじゃないよ。でも自分で思ってるよりは疲れてるんじゃないの？　体力的、ってことじゃなくて精神的に」

「かなぁ」

「三浦くんの事故からいろんなことがありすぎ。そのあと、すぐ受験だったし、この間はペットが迷子んなっちゃったんだってね」

「うん」

今、一番頭を悩ませているのはミルク逃走後の、寄松くんのことかもしれない。

千春と寄松くんは学校が同じだ。学年が違うとはいえ、軽々しく相談しちゃいけないような気がする。

それに、佐久くん経由(けいゆ)で瞬の耳に入るのも困る。口止めしておけば千春は絶対に、彼氏にだって言わない子だけど、瞬に秘密を持っていると思われたくない。

「じゃあね、三浦くんが心配してたよ。家ついたらラインしろ、だってさ。入院してると夏林のこと、家まで送れないからさ。ほんと大事にされてるよね」

あたしにプリンの入った紙袋を渡すと、千春は病室に戻っていった。

「図書館の、うわさねぇ」

ちらりと腕時計を見る。まだ間に合う。でも今日は帰るか。

そのうち見るだけ見てみようかな。予約していた本の順番が回ってきたって連絡が携帯に入っていた。

それがなくても瞬の病院に行くまでの時間調整で、図書館に行くのは毎日に近いくらい。交換ノートだなんて、そんなものが、ひとりひとりの悩みに合わせて、しかもその人の一番思い入れの強そうな本にはさんである、なんて、どんな司書なのよ。でも、データとして、その人が、短期間に多く借りた本くらいはわかるのかな。

〝一番自分を助けてくれた本〟

ある本の題名が、すっとあたりまえのようにあたしの脳裏に浮かぶ。

どうせ明日も緑化委員の水やりで学校だ。卒業直前まで花の水やり、ってどういうことだよ、って思うよ。

気が向いたら、あくまでも気が向いたらだけど、図書館に行ったときに、思い浮かんだ本の棚(たな)を、見に行ってもいいかな。

次の日もあたしは、学校に行く。だいぶ教室に人が戻っている。

授業はもうなくて、HR(ホームルーム)のようなことをすると、あとは解散で、みんな部活に顔を出しに行ったり、仲のいい子どうしでしゃべったりどこかへ遊びに行ったりする。

国立の合格発表はまだだけど、私立は発表があったところも多い。後期や、前期でも受験日が遅い私大を受ける子たちはまだ来てはいない。次に会うのが卒業式前日の予行演習、または当日という子も多いけど。

あたしと仲のいい愛実(まなみ)も杏子(きょうこ)も涼香(すずか)も受かった私立大学があって、受験自体は終わっている。

部活をしていないあたしは友だちに会いに来ているようなものだ。あたしたちはHRのあと、定番のファストフード店に行っておしゃべりしながらランチをして、そのまま今日は解散した。

病院の面会時間が始まる三時には、けっこう間がある。一度帰って休むくらいの時間はある。

でも千春が言っていた図書館の交換ノートのことが、なぜか頭から離れず、予約の本がきているんだから取りに行かなきゃ、と自分にいいわけをして、あたしは地元の駅の図書館に向かった。

古くて、あたしが生まれた頃にはもう今の姿だったらしい趣のある建物。土台は切り出した長方形の石で、三階までを貫く巨大な丸いバロック調の列柱が壁面に埋め込まれている。角は直角じゃなくて、優美な曲線を描いているところが、歴史資料集の中の重要文化財になっている日本銀行なんかを思い起こさせるんだ。

内装も、華美じゃないけど、ちょっとしたところに時代を感じさせる装飾がしてあって、あたしはなぜか昔からここが大好きだった。古くて情緒があるから、都市伝説の温床になりやすいのかもしれない。

一階は一部を市民の語学サークルに貸し出してあり、小さな映写室とダンスができるスペースがある。あとは会議室や事務室や応接室らしい。

二階と三階が一般開放の図書館。二階は仕切りのない広いフロアに一般図書と閲覧席。閲覧席は充実の数で、あたしは受験で散々お世話になった。

三階は専門書だ。面積から考えると蔵書の数がすごいと思う。

「嘘でしょ」

古びた書棚の前で一冊のノートを手に茫然としている。

『犬、猫、鳥の知っておきたい習性１００』の奥付と裏表紙の間に一冊の真新しいノートが挟まっていた。

　ミルクが逃走して、散々探しまわっていた時に、あたしを勇気づけてくれた本。一番、自分を助けてくれた本、といえば、あたしにとってはこれだ。

　恐る恐る開いてみると中は真っ白で、一番前のページに、〝To Summar woods〟とあり、その下に〝相談に乗ります〟の文字。それらを明朝体でプリントアウトした紙が貼りつけられていた。

　サマーウッズ……。夏の林。夏林。

「……あああ、あたしだよ」

◇

『犬、猫、鳥の知っておきたい習性100』の本と、挟んであったノートを閲覧席に持っていって、机の前の席に座った。

　三百以上ある閲覧席は、長い机の前に板があるのはもちろん、ブースごとの仕切りがついていて、さらにそのスペースが充分あることで、学生にも社会人にも人気が高い。

　閲覧席があるのは海方向。全面ガラス張りの陽がいっぱいに入る窓と対峙するように、何列も席が並んでいる。

　受験のさなかにある今が一番閑散としている時期だけれど、ちらほらと人はいるものだ。

「どうしよう」

あたしは、司書の人がたくさんいるカウンターをそっと振り返った。

ここの図書館の造りは、巨大な二階フロアの三分の二が書棚で、三分の一が閲覧席。幅のすごく広い階段を上がってきた正面に、貸出カウンターがあって、その後ろが書棚と閲覧席になっている。

閲覧席の位置にもよるけれど、今座っている窓に近い方からは、振り返って後ろのブース越しに覗けばカウンターが見える。

カウンターには三人の女性司書が座っていて、そのまわりで、数人が戻ってきた本をワゴンに乗せるとかの作業をしていた。

あの中に、この文章をパソコンで作って打ち出した人がいるかもしれない。しょっちゅう図書館を使っているあたしは、たぶん全員とカウンター越しに貸出カードのやり取りをしている。知ろうと思えば、名前を知ることは、簡単だ。

気味の悪さにノートを放り出してもいいはずなのに、最初の恐怖と衝撃が通り過ぎてしまった後は、なぜかそういう気持ちが湧(わ)いてこない。むしろ逆。

北風の中を冷えたシャツ一枚で歩いた後、疲れ切った身体を、大きくてあったかくて肌触りがやたらといい毛布で包まれたような安堵(あんど)と解放感。

子供の頃から通っている場所だからなのかな。何人かの司書さんとはもう顔見知りで短い会話をする間柄だし、そうでない人も、ここの図書館はすごく親切なんだ。

司書のほとんどが女性なのも、あたしの警戒心を鈍らせている要因なのかも。

サマーウッズ。夏の林。夏林か。

「しっかり貸出カードに書いてあるもんな」

今はバーコードで管理しているから、カードの真ん中に、整然と太さがまちまちの短い黒線が並び、その下にマジック書きできっちりと、〝藤谷夏林〟の文字が。

個人情報なんて案外簡単に流出するもんだよな、とあたしは高校一年の時に、瞬の生徒手帳を拾った時のことを思い出した。

あー。瞬。こんな時じゃなかったら頼れるのに。

というか……。頼ってうちあけられるだろうか。瞬への罪悪感からまともに見ることもできていないノートをさらに脇に押しやり、手のひらを机の上で組んで首を垂れる。

プリントアウトされた、〝相談に乗ります〟の文章。

千春が言ったことが仮に真実だとすれば、司書の誰かが、あたしが、何かに悩んでいることを見抜き、相談に乗ろうとしてくれている。あたしが今、相談に乗ってもらいたいことといえば、寄松くんのことだ。

そして寄松くんは、なんというか瞬にとっては鬼門ちっくなのだ。

とにかく瞬は見当ハズレなヤキモチが多い。あたしなんかに寄りつく変わり者は、自分以外にそうそういないという認識が、全くできていない。

ついこの間、寄松くんと事故のように二人で写ってしまった写真を消されたばかりだ。そして寄松くんは、瞬が、自分は探しに行かれなかったことをすごく気に病んでいる、ミルクを見つけてくれ、あまつさえけがまでして保護してくれたその人なのだ。

ミルクは寄松くんがいなかったらどうなっていたのかわからないと思うと、あたしも、彼の保健室登校、という現状をどうにかしてあげたいと、あつかましくも考えてしまう。

何か困ったことが起こった時、一番最初に思い浮かぶ顔は瞬のものなのに、瞬にとって、寄松くんは鬼門で、それはミルクが――、さらに今はけがをやっと乗り越えたばかりで心配かけたくないし――でも、相談したいし――。と無限ループにおちいる。

しばらくしてからあたしは顔をあげた。

千春の言っていた心理学に強い司書がいる、という言葉を信じてみようと思う。心理学に強いなら、いい方向への導き方も知っているかもしれない。

猜疑心に目をつぶってひたすら善意に考えれば、明らかにこのノートを書いた人はあたしを助けようとしてくれている。

あたしは一度は脇に押しやったノートを開き、相談に乗ります、の横書きプリントアウトの下に、シャーペンで、書き込んだ。

【猫の命の恩人が、保健室登校です。助けてあげたいです】

瞬の病院に向かう間、自分でも呆れるくらい大胆な行動だったよな、と思い返す。

「無謀だ……」

あたしはあれから、自分の書いたノートをもとのとおり、犬、猫、鳥、の本に挟み、もとあった棚の、そっくり同じ位置に戻した。

それから、予約の本を受け取るためにカウンターに貸出カードを持っていった。

いつもとなんら変わらない様子で、女性司書が、奥の書棚からあたしの予約の順番がまわってきた小説を取ってきて、機械でバーコードを読み取った。

この作業をやってもらう間、あたしは何の気なしにその手元を眺めていることが多いんだと思う。

でも今日は目の前の司書さんだけじゃなく、隣の人にもその隣の人にも、カウンターの中の人にも外の人にも、ガン見の勢いで目を凝らしてしまった。

「あの人……」

「はい？」

独り言が漏れていたみたい。あたしの貸出作業をしてくれていた司書さんが、顔を上げた。

「前からいましたっけ？　いやー、かっこいいなーと」

作業してくれている司書の野村さんは、あたしと多少しゃべる人だ。

「古迫くんね。まだ大学生よ。インターンシップで前に来て、興味を持ったみたいで今はバイト」

「そうなんですか。何の専攻か、なんて聞いちゃダメですよね？」

「あらー。なぁに？　興味があるの？　言ってもいいのかしら？　心理学よ」

心理学よ、のところだけ、あたしにわざと近づいて耳打ちするように、野村さんは小声でささやいた。

「………………」

まさかね、という思いであたしはその古迫、という今まで気づかなかった大学生の、作業をする横顔を盗み見た。


本当にあたしだとわかってあのノートを書いているんだとしたら、相手には、貸出カードを発行してもらう時に書いた用紙から、名前だけじゃなく、住所、電話番号、メールアドレスまで個人情報がまるわかりだ。

『犬、猫、鳥、の知っておきたい習性１００』に挟まっていたノートに書いてあった、

【相談に乗ります】の言葉を、どうして信じてみようと思ったのかな。直感としかいいようがない。

◇

「しゅーんー？　いるー？」

あたしは三時の面会時間をちょっと過ぎてから、瞬の病室に行った。

「あれ？　いない？」

ベッドがもぬけの殻だった。ベッドは、メイキングがされた状態で、お掃除がきてから一回も寝ていないように見える。触ってみると、人のいたぬくもりがぜんぜんなかった。

「えー？」

確かベッドメイクは十時とかそのくらいの時間だったと思う。

それほどきれい好きなわけじゃない瞬は、すぐベッドに雑誌やリハビリの道具やペットボトルを持ち込む。ベッドの上にはそのうちのひとつもなかった。

「珍しいな、リハビリ室かな？」

あたしは廊下に出た。そこに、畳んだ病衣をたくさん両腕に乗せた看護師さんが、通りかかった。

「こんにちはー。あの、瞬がいないんですけど、知らないですよね？」

「あら藤谷さん」

「あれっ？　三浦くん、今日は学校に行ったわよ？　けっこう学校に行くけど、お昼ごはんはここで食べることが多いけどなー。その後、だいたい藤谷さんの来る三時ぎりぎりまでリハビリやってるかしらね」

リハビリの先生は当然人数が限られているから、四六時中、瞬が独占できるわけじゃない。瞬は予約の時間以外でも、勝手に空いているマシンを使ってリハビリするらしい。担当のリハビリの先生も瞬のいる時は気にかけてくれているみたいだ。

「じゃあ、まだリハビリ室かなあ？」

「そういえば今日、見ないわね」

「ベッドがきれいすぎて、あそこで昼ご飯食べてないいんじゃないかと思うんですよね」

「藤谷さんが毎日この時間に来ること知ってるんだから、連絡、入ってるんじゃないの？」

「そうか」

あたしは制服のポケットから、携帯を出した。

「あー、ほんとだー、ラインきてました」

「よかったわねっ。もう今時の高校生はー」

両手がふさがっているから、看護師さんはあたしに横から軽く腰をぶつけ、「わたしなってていった。


んて今彼氏募集中なのよーもう二年もいないのよー」と、口をとがらせながらグチって去っていった。

看護師さんの背中から、携帯のライン画面に視線を落とす。

〝友だちとダベってて遅くなった。戻るから病室で待ってろー〟

「やっぱずっと学校だったのか」

あたしは瞬の個室に戻った。

「どのくらいで戻ってくるのかな。なんかもう疲れちゃったよ」

いろんなことがあとからあとから起こる。瞬に交換ノートのことを黙っていなくちゃならないと思うと、よけいに疲労が増すよ。

「寝ようー」

あたしはスクールバッグをパイプ椅子の上におくと、ベッドメイクされてしわの全くない真っ白な瞬のベッドに、制服のままもぐりこんだ。あー、こんなことができちゃうって個室っていいな。最高ー。

◇

「あんたたちはここをなんだと思ってるのっ!!」

耳にキーンと響くかん高い怒声であたしは目をさました。

「んー？」

目をこすりながらごそごそと起き上がる。ママ、こんなに声が高かったかなぁ。

「んー？」

隣からねぼけたような、あたしが発したのと同じセリフが聞こえてきた。

「二人で制服のまま熟睡してるってどういうことなのっ？　ゴ・ハ・ンです!!」

「えっ？」

「家かっ！　っていうの！　もう学校だって充分通えるんだから退院しなさい、三浦くん」

三浦くん？　瞬？

隣を見ると、青葉西の制服のカッターシャツ姿のままの瞬が、今起きたばかり、を語っている寝グセのついた髪をかきながら、のっそり起き上がったところだった。

「えー、あとちょっと置いてくださいよー。俺、真面目にリハビリしてんでしょ？　早く復帰してぇもん」

「じゃあ、こういうふしだらなことしないの！　先方の意向もあって個室にしてるだけなのよ？　たまたま今、非常に珍しくベッドに余裕があるから！　彼女といちゃいちゃするための部屋じゃないのよ！」

目の前には、夕食のトレイを持った、外科病棟で一番えらい師長さんが、頭から湯気がでそうな形相で立っていた。

「だってしょうがないじゃん。俺たち悲しい別れが目前だし。そりゃちょっとはいちゃいちゃしたいでしょ。そういう年齢なんだもん。つか戻ってきたら夏林寝てるし。だいたい俺らまだ一度もヤッてね――」

　そこであたしは両手で力いっぱい瞬をベッドから突き飛ばして下に落っことした。

「いってーなー。何すんだよ！　俺けが人だぞ」

　そこで師長さんが大仰にため息を吐き出した。

「三浦くん、もうちょっとデリカシーを持たないとほんとにフラれるわよ」

　それから持っていたトレイを、ベッドサイドのロッカーつきテーブルの上に、汁物が飛び出すほど乱暴に置くと、瞬を助け起こしもしないで、部屋から出ていった。

　かき玉汁のいい匂いがふわん、と漂う。

「フラれねーっつの。夏林は俺にベタぼれじゃんか」

「確かにベタぼれだけど、デリカシーは持ってほしいのも確かだよ」

　あたしは瞬が起き上がるのに、手を貸した。

　外に行った瞬は制服のズボンの下に装具をつけたままだ。それを計算にいれても、今ぶつけたら問題、なんて心配をあたしはぜんぜんしなかった。

　反射神経が人並みはずれた瞬は、落ちた時にけがをしているほうの膝を庇うなんて、無意識レベルの動作だ。野良猫みたいだな、と、なにかにつけて思う。

あたしにつかまって一度ベッドに上がった瞬だけど、今度は食事をとるために椅子に移っていった。

「夏林、めしは？」

「あー今日は買うの、忘れた」

「もう病院食飽きたなー。夏林の作った弁当食いたい」

瞬は、予備の割りばしを引き出しから取って、煮物のお椀と一緒に、ベッドの上にいるあたしに渡してきた。

「ほんと？　じゃ今度ちゃんと作ってくる」

あたしは煮物椀を受け取りながら、声を弾ませた。

自分のぶんだと思うとどうでもいいお弁当になっちゃうけど、瞬が食べるとなるとがんばれる。

あたしの大学受験が本格化して正念場を迎える秋口まで、あたしは毎日瞬にお弁当を作っていた。

まだつき合って一年はたっていないけど、ほんとにラブラブ、バカップルだよなーと思う。でも瞬と一緒にいるのが、楽しくて楽しくてたまらないのだ。

煮物の中の瞬の嫌いなタケノコを、最初に食べる。あと里芋を口にいれ、こんにゃくを箸でつまんだところで瞬にお椀を返した。

「あひがとー。わひとおいひいね」

「食いながらしゃべるな」

「ふん」

今の、ふん、はうなずいたんだ。

「めしも食う？　そんだけじゃ腹減るだろ？　どうせ俺は夜のリハビリん時、また売店でなんか買っちゃうから」

「いいよ。ここのごはん、瞬のは玄米入ってるもんね。食べたほうがいいよ。病院食野菜が少ないと思うんだよね。もういつまで入院するつもりなのよ。出てけ出てけ、ってムードでしょ？」

「そうでもねぇよ。マジでいま、奇跡のようにすいてるらしくてさ。さっきのおばちゃんだって実は俺のことが大好きだもん。夏林に嫉妬してんじゃね？　こんなかわいい彼女じゃ勝ち目がねぇのにな」

「なにをバカなことを……。どう見ても家族がいるよ。瞬のことは息子みたいに思えちゃうんじゃないの？　そりゃ複雑だよね。ベッドで息子が彼女と熟睡してるとこ見つけたらさー」

「かなぁ」

その後、少し会話が途切れて、瞬は目の前のごはんを食べることに集中していた。やっぱり少しずつ、変わってきているんだよな、と思う。

つき合い始めた頃、瞬は、あたしに対して、〝かわいい〟という単語が重すぎてすんなり出てこなかった、と言ったことがある。

今、彼はその単語をわりと普通に使う。

うつむいて、もくもくとごはんをかき込む瞬の、精悍な面差しに見入る。三か月くらいはサッカーからはなれていて、グラウンドで日差しを浴び続けることがなかったはずなのに、色の黒さは薄れていないような気がする。

瞬に、今日みつけた交換ノートのことを、黙っていなければならないことが辛いな。寄松くんの家庭教師を始めたことも。

でも黙っていたほうが、瞬の負担は少なくてすむ。なんでもかんでも言えばいいってもんじゃない。今は、とにかくリハビリに集中して、サッカーで生きていくために、大きく出遅れてしまった時間を取り戻さなければ。

瞬が退院するまでは黙っていようか。それも微妙か。ベッドの空き状況でいつ瞬は追い出されてもおかしくない。

もうちょっと身体が回復するまで、せめて松葉杖がなくても外出ができるようになるまで黙っていよう。

瞬の病室にはお客さんが多くて、おみやげのお菓子がいつもある。あたしは、誰かが持ってきたクッキーを食べながら、しばらく瞬としゃべり、それから彼はリハビリをやりに地下に下りていった。そこまであたしもついていく。

新しい病院できれいな上に設備も充実している。リハビリのための病院だから、ベッドに余裕があれば、の話だけど、瞬のようにそれを目的に長期の入院をする人もいる。売店は広いし、パソコンルームもある。そこにはネットカフェなみ、とまではいかなくても、本や漫画もかなり置いてある。

こんなに充実していたら、帰りたくなくなるのもわかる気がする。わざわざ通うのが面倒だと感じてしまっても仕方がないように思う。

瞬が言うには、リハビリの設備はマル特クラスらしいし、スポーツリハビリ専門の先生もいて、その質も高い。

瞬は、信頼している先生について、完全復帰を目指しているのだ。

瞬のリハビリが終わり、また一緒に病室に戻ると、もうほとんど面会時間終了の時刻だ。

あたしは瞬の病室を出る。夜間通用口で瞬に見送られ、そこから中庭を抜けて正面ゲートまでゆっくり歩く。

ゲートで振り向き、瞬の病室を見上げる。

今日も、あたしを見送ってからすごい早さで自分の個室に戻った瞬は、病室の窓際で、肘から先を大きく振ってバイバイをする。あたしもそれに応えて同じ動作をする。

こんなに毎日会っているのに、別れるのが切ない。

明日の三時まで、あと十九時間、瞬に会えない。

〝俺たち悲しい別れが目前だし〟

瞬がさっき、ふざけて言った言葉はあたしにとっては鋭い槍だ。

瞬のけがが治らなければ、ずっとこの生活が続くのになんて、最低すぎる考えが、一瞬でもよぎってしまう自分の汚さが憎い。

その日は寄松くんの家庭教師の日ではなく、あたしはまっすぐ家に帰った。

ついに緑化委員の水やり当番も全部終了した。とりたてて学校に行く必要のないあたしは、仲良し三人と、前日か当日に打ち合わせをしてから高校に行くかどうかを決めている。

愛実も涼香も杏子も、今日は部活もないしやめておく、というから、あたしもやめた。

実は本当に疲れているのか、おととい、無理して友だちに会いに学校に行くと、午前中でへろへろになってしまった。瞬に無理するな、と言われ、病院行きを拒否された。素直に帰って、次の日も一日寝ていた。

元気になった今日は学校に行く気、および、瞬に会う気満々だったのだ。

「学校行ってもみんないないいんじゃーな。瞬にお弁当でもひさびさにつくるかなぁー。んふふー」

ママが買ってきてくれた赤と青のブタさんケチャップいれ。ここのところとんと出番がございませんでしたね。

キッチンの食器戸棚の前で、あたしから離れないインコのチェリーを肩に乗っけて、鼻歌を歌いながら青いブタさんケチャップいれを開いてみる。ズンドーの胴体の真ん中がパカっと割れるタイプのもので、こっちの青い色は瞬のだ。赤いほうがあたし。

病院食が飽きたから、夏林の作った弁当が食いたい、と言ってくれた瞬を思い出す。お弁当を作るなんて、高校が終わったらもうないんだよな、とふいに、もうまさに目の前にきている卒業を意識して、手が止まってしまう。

「おお、感傷に浸っている暇はない」

でも一度そういう考えが浮かんでしまうと、愛実も涼香も杏子も今日はいなかったから学校に行かない、なんて、もったいなかったかな、と思ってしまう。瞬がヒマをみつけちゃ学校に行っているのは、なにも出席日数のためばっかりじゃないんだよな。

「チェリーちゃん、キミはこっちでお昼寝をしたまえ」

チェリーを空のケージに入れると、キッチンに戻って本格的にお弁当作りを開始した。

ママが里親を探してきて、チェリーの子はだいぶもらわれていった。ほかのコたちは、今日開校記念日で家にいる隆哉の部屋だな。


三年になって、瞬とつき合い始めてからのあたしのお弁当作成歴。それでもだいぶマシになったはず。

味より、見た目一番、栄養二番の青いブタさんケチャップいれの入った彩り過剰弁当を、ランチバッグに詰めて外に行く準備をする。病院のごはんは彩りがゼロに近いから、味じゃなくてこっちで勝負だ。


「夏林」

「なに？　ママ」

パートに行く用意をすっかり整えたママがキッチンに入ってくる。

「悪いけど、今日、夏林の自転車貸してくれないかなぁ」

「えー、なんで？」

「ママの自転車の鍵が昨日から見つからないのよ。さっきまで探してたけど、どうしてもなくてさ。もうパートに遅れそうなのよ」

「うえー。わかったぁー。じゃあ駅までバスで行く」

「ごめんね夏林、鍵、いつもんとこ？」

「うん」

「あらー、だいぶまともな味になってる」

角型のフライパンからお皿の上に移して切ってあっただし巻き卵の端っこを、親指と人差し指でつまんで口にいれると、ホルダーに立ててあるキッチンペーパーのすみで、指をカサコソ拭くママ。

「おお！　進歩？」

「進歩進歩。悪ーい、夏林、それ、そこだけ捨てといて」

「うん。いってらっしゃーい」

ママが指を拭いたところだけ、キッチンペーパーをちぎって三角コーナーに捨てた。

最初はママがいないとお弁当も作れなかったんだよな、と思うと、こんなことをしている自分が不思議だ。

瞬に私服で会うのはいまだにちょっと緊張するのだ。どれを着ていこうかクローゼットをひっかきまわして探した。三月に入ってもまだ寒いけど、この頃になると冬に飽き飽きしてくる。街のショーウインドウだって春色が満開だ。

でもリアルな気温は一桁（ひとけた）の日もあって、まだまだ寒い。だから色だけでもきれいで肌触りのいい防寒も兼ね備えたブルー系パステルのセーターに白のフレアスカートだ。おしゃれにある程度の寒さはがまんなのだ。

自転車がないとなると、図書館はちょっとだけ不便。海のほうだから、駅を越えていかなくちゃならない。駅のすぐ近くではあるけど、わざわざ行ってまた戻って電車に乗るのは微妙に面倒。

どうしようかな、と迷ったもののけっきょく、図書館に寄ってから病院に行くことにした。

学校に行かない今日は、面会時間までたっぷり時間がある。もうすぐ貸出期限が終わる本もあるしな、と考えたのは、自分に対する言い訳のような気がする。

あたしは、やっぱりあの交換ノートが気になった。

瞬の病院に行く前に、図書館に読み終わった本を返しに行こう。ついでだから、犬、猫、鳥、に挟んだ交換ノートも確認するか。

まさか返事がきている、なんてことはないよね。むしろ何かの間違いか、白昼夢だったんじゃないかな、とさえ思う。

あたしはバスで駅まで行くと、そこから図書館に向かって歩き出した。

「あれ？」

図書館の建物から、寄松(よりまつ)くんっぽい人が出てくるのが、百メートルくらい先から確認できた。寄松くんが図書館？　見間違い……じゃないよね？

あの建物は、他の用途でも市民にスペースを開放しているから、そっちに用事があったのかもしれない。

映写室？　そういうものもあるみたいで、古い映画をやっている。ドアの隙間(すきま)から見えたダンスのホールでは変わった踊りをやっていた。語学サークルは、英語にスペイン語、フランス語、ポルトガル語にオランダ語。ヨーロッパが満載なのか？　外国人の出入りも頻繁(ひんぱん)だ。

図書館に用事じゃないよね。本を知らない誰かと共有するのは苦手だと言っていたもんね。

もう完全にあたしに背中を向けて逆方向に歩き出しているその人を、走って追いかけようなんて気力はない。これが自転車だったら、だーっと追いついて声をかけることもできたんだけど。

あたしはそのまま、図書館に入っていった。

貸出カウンターで読み終わった本を返すと、あたしは動物コーナーに直行した。書棚の中から目的の本を探す。

いつものように、全く同じすみっこに、その本はあった。

心臓がドキドキした。このドキドキは期待なのか、得体（えたい）のしれないものに対する不安なのかは、自分でも判断がつかない。

背表紙の一番上に中指をひっかけ斜めに抜き出した。抜き出した感覚で、もうノートが挟まっているとわかる。

あたしが書いて挟んだそのままの状態なのかもしれない。高揚（こうよう）感で指の感覚がするどくなりすぎている手で、慎重に本だけを、書棚に戻し、ノートを開く。

「嘘（うそ）……」

一番最初に貼ってあった〝相談に乗ります〟のプリントアウトの紙がはがされた痕跡があった。

その次にあたしが書いた文章、【猫の命の恩人が、保健室登校です。助けてあげたいです】という文字が、消しゴムで丁寧（ていねい）に消されて、あとかたもなくなっていた。

その文章があったあたりに、また明朝体をプリントアウトした紙が、新しく貼りつけられていた。紙が上から貼ってあるのに、消しゴムで消したんだな、とわかったのは、ページをめくって裏側から見ても、シャーペンのあとが何もなかったからだ。

そして、貼りつけられていた新しい文章はこれ。

【保健室登校の原因は何でしょうか？　わからないならそれをまず、突きとめることが肝心です】

「この人、最低限の会話しか残さないようにしてる……」

あたしはノートを閲覧席に持っていった。

椅子に座ってテーブルの上にノートを開き、そこに並ぶ文字を見つめながら、こぶしを掌で包んで、その上にあごを乗せた。

原因。寄松くんが授業に出なくなってしまった原因。

イメージだと、こういうのっていじめとかが多いような気がする。うちの高校ではあたしが知る限り、そういう生徒がいなかったから、わからないけど、中学の時にはいた、と思う。やっぱり周囲とうまくいかなくなったことが原因で不登校や保健室登校になった生徒。

でも、最初に聞いたお母さんの話だと、寄松くんは入学式以来、一度も授業に出ていないらしい。

今は、朝、他の生徒と遭遇しない不規則な、まちまちの時間に家を出て、保健室に直行。

それでもいじめの可能性があるのかな。入学式でよっぽど嫌なことがあったとか。

でも入学式だよ？　面識がない人にそこまで意地悪をする生徒がいるかな？

うちの高校の入学式を思い出してみると、その日はほぼ人と会話をしない。

入学式の間は一切しゃべらないし、その後、発表になったクラスに行きはしたけど、先生の自己紹介と、ロッカーの使い方だとか、これからのスケジュールの話だとかを延々と聞かされ、よく意味もわからないまま、解散になった印象だ。

もちろんその日は授業もお弁当もない。生徒どうしの自己紹介ってその日のうちにしたっけな？

その後、あたしの場合は入学式に来ていたママと一緒に帰った。

友だちと、緊張しながら接触を開始したのが次の日からだったように記憶している。

いじめに遭(あ)いようがないというか、少しは気に障(さわ)ることがあったとしても、行くのが嫌だと思うほどの時間を、友だちと共有していないというか。

寄松くんを思い出してみても、飄々(ひょうひょう)としていて、それほど人に言われたことを気にするタイプには見えない。極度の引っ込み思案だという印象もない。

あたしとだって最初から、打ちとける、まではいかなくても、普通に会話をするし、シルキーの自慢もするし、図書館はこういう理由で苦手、と自分の意見もきちんと言える。

いじめが原因で保健室登校になった可能性は低いような気がする。

あくまであたしの経験則だけど。

じゃあ何が原因だろう、と考えた時、思い至ることはひとつだ。ひとつしか思い至らないくらいにしか、あたしは寄松くんのことを知らない。


【心あたりは、あります。はっきりさせるよう、努力してみます】


あたしはそう書いて、ノートを閉じ、もとの通り、犬、猫、鳥、の本の裏表紙の前に挟んだ。それをもとの棚に戻しに行きながら、あれこれと思いをめぐらす。

寄松くんのあたしを見る目には、どこか追憶の色がつきまとう。

母親のように慕っていた姉が、突然自分を置いて、手の届かない場所に行ってしまった。

そこから始まる寄松くんのお姉さんへの拒絶。

だけど、拒絶しきれるはずなんかないんだ。お姉さんだって、寄松くんのことが心配で、幸せにはなれないかもしれない、と、彼のお母さんは言っていた。

悲しいすれ違い。でもお互いを思う気持ちがあるなら、絡まった糸は必ず解けるはずだと信じたい。

あたしはノートの挟まった本をもとの棚に戻すと、いくつかファッション雑誌と、瞬のところに持っていくサッカー雑誌を選んだ。最新号は館内閲覧のみで借りられないけれど、古いものは借りられる。

もうすぐ春。でも残っているファッション誌は去年の秋とか冬の号ばっかりだ。運がよければ近い季節の号もあるし、季節が違っても何かしら参考にはなる。リラックスしたい時に何も考えずにページをめくるにはうってつけ。

お気に入りのファッション誌一冊は自分で買っているけど、雑誌にたくさんお小遣いを使えるほど余裕のないあたしは、よくこうしてその類も借りる。

このお得感を知らずして、なにが誰が触ったかわからない本は気持ち悪い、だ！　寄松め。

カウンターに借りる雑誌を持っていき、司書のお姉さんに貸出カードと一緒に渡す。どうしても、あのノートを書いているのは誰なのか、という目で司書さんたちを見てしまう。

今日も、古迫、というあの心理学が専攻の大学生は来ている。カウンターの外で、戻ってきた本をワゴンに乗せて整理している。この間見た時と似たような業務内容だ。大学生ってもう春休みなんだよね。

的を射たことを書いてきたような感じがする、と言えなくもないけど、あの程度のことは心理学どうの、以前の問題か。本当に心理学を勉強している人かどうかの基準になんてならない。

でも確かにそうだよね。保健室登校なら、その原因を探るのが、まず最初にするべきことなのかもしれない。貸出を終えて、あたしは借りた数冊の雑誌を、持ってきた袋に入れて図書館を出ようとした。

歩きながら、そろそろ三時になるかな？　もう瞬、リハビリから戻っているかな、と腕時計に視線を落とす。

うん。今から行けばちょうどいい頃かもしれない。

がんばった彩り弁当が、瞬くんのお腹に入りたいと言っています！　んーふふー、と一応心の中だけで鼻歌を歌う。聞こえちゃったらかなりあやしい人だよね。

瞬に会えるということも嬉しい。

でも、あの交換ノートに悩みを書いて、胸につかえていることを吐き出せた、さらには相談にまで乗ってもらっていることで、自分の中だけではあるけど、明らかに風穴があいた、という感覚がある。閉塞感に酔いそうだった気持ちが、ずっとずっと楽になっている。

瞬に言えない。心配してくれている千春をはじめ、瞬の友だちの佐久くんや、駒形くん、その彼女の華乃ちゃん、三年とはいえ全員が寄松くんと同じ青葉西高校だ。

本人と少しでも接点のある、青葉西軍団に相談することが、〝ヤキモチ焼き瞬に漏れるかも〟以前に、自分のモラルに反していて気が乗らないんだ。ただの自己満足マイルールなんだけどね。

胸に引っかかっていて、でも誰に言うこともできない悩みを、誰だかわからない相手とはいえ、あのノートを書いた人に吐き出した。

得体のしれないものに向かって叫んで自分の気を晴らす、というのはまさに「王様の耳はロバの耳」に出てくる穴。王様の耳がロバの耳だと知ってしまい、でも言いたくても誰にも言えない理容師は、穴に向かって「王様の耳はロバの耳」と叫んで鬱憤晴らしをしていた。

やだな。嫌なことを思い出したな。あの後、その穴付近から生えた草で作った笛が、人が吹くたびに王様の耳はロバの耳ー、って音楽を奏でるんだっけな。

まさかそんなことには——。

「あの」

カウンターの正面の幅のある階段を降り、まさに踊りができちゃうほど広い踊り場まできた時、後ろから誰かに呼び止められた。

振り向いて絶句した。

なんと、それはベージュの作業用エプロンをした古迫だったのだ。

「やだな、そんな怪獣にでも遭遇したような顔しないでよ。かわいい女の子にそんな顔されると軽く傷つくんだけど」

「は、はぁ」

「藤谷（ふじたに）、夏林さん」

「えっ」

古迫は、ずんずんあたしのほうに迫ってきて、だからあたしはどんどん後ずさりをして、ナントカ商会寄贈、と下の方にえんじ色の文字の入った巨大な鏡の脇（わき）の壁に、ついに背中がぶつかった。古迫は、あたしの顔の横に、そっと肘（ひじ）から先をついて、硬直して動けないあたしに向かってにやりとした。

「こういうの、壁ドンって言うの？　一度やってみたかったんだよね」

「は、あの……どど、どいて……」

思考アンド身体（からだ）、早くかなしばりを解いてください。

「貸出カード、忘れてるよ、夏林さん」

壁ドンをしているほうの手とは反対の手で、あたしに、貸出カードを差し出してきた。

それからすっとあたしから離れて適度な位置まで遠ざかった。

「受験終わったんでしょ？　うちの図書館、参考書類、まあまあ充実してたでしょ？」

「……………」

「お茶でもする？　俺もう終わりで帰るとこなんだけど」

「けっこうです。急ぐので」

「ざんねーん」

そう言って古迫は、さっさと図書館の中に戻っていった。

「なんだあのチャラさは」

まだ心臓がバクバク鳴っているよ。

瞬と壁ドンごっこをして遊んだことはあるけど、現実世界にリアル壁ドンが存在するとは！　壁ドンは彼氏との遊びの一環だと思っていたよ。

あの古迫というチャラ男は、落とし物を、いちいち壁ドンつきで返却しているのだろうか。

あたしは階段を、さっきとはうって変わった重い足どりで降りながら考えた。

古迫は、あたしの名前が藤谷夏林であることを知っていた。それは当たり前だ。あたしが落としたか置き忘れたかした、自分の手の中にある貸出カードの名前を読めばいい。

でも、あたしがつい最近まで受験生だったこと、参考書類をよく借りていたことまで知っていた。

あのノートの文面からしてもこの図書館の女性司書率の高さからしても、交換ノートの相手は、女の人である可能性があたしの中で大きくなっていて、それが安心感につながっていた向きもある。いや、女の人だと思おうとしていた、と言ったほうが正確かもしれない。

そりゃ、あのノートを交換するようになって、いつも誰だろう、という目で司書さんたちを見るようになった時、千春が最初に言った心理学、というキーワードがひっかからなかったわけじゃない。そういうことをかじっている人なのかもしれないとも思っていた。だから一応、ほんとに一応、マーク人物の中に古迫は入っていた。しかし、あんなチャラ男だったとは！　マーク人物からイチ抜けだな。

「なんか、げげげ、という感じです」

あたしは、自分でも捉えどころのない気持ちになって、のろのろと一階に降りた。やだな、もうすぐ終わるって言ってたよね。一緒になったりしないよね。

そこであたしは一階の語学サークルの扉が少しだけ開いているのが目に入った。あそこでかくまってもらう、なんてダメだよね。ちらりと中を覗くとスラッとした南国のモデルみたいなお姉さんと目が合った。

もう古迫帰ったかな、とちらちら扉の外を確認しながら、語学サークルの親切な人たちにかくまわれるようにその部屋に二十分くらいおいてもらってから、あたしはしびれを切らせて外に出た。古迫、出てこないじゃない。帰るなんてでまかせだったのかな。早く瞬の顔が見たい。さっきの壁ドン上書きのために、病院に行ったら、瞬と壁ドンごっこして遊ぼうー。

駅の改札の前まで歩いたところでラインの着信音がした。瞬だ。取り出して画面を開く。

〝今まだ学校。病院つくまであと一時間くらいかかりそうですか。〟

時間が中途半端にまた空いてしまったなー。なんだか、今の今で、また図書館に戻りにくいな。別に悪いことはしていないんだけど、ただなんとなく、だ。

今すぐ、古迫のいる図書館に戻るというのは、なんだかすごく、微妙だ。

「どうするかなぁー」

「かりーん」

「え?」

遠くから女の子の明るい声がした。

「わあ！　萌南久しぶりだねぇ」

春を先取りしたような軽やかなコートに、ミニスカート姿の、肩で髪を切りそろえた女の子が小走りであたしの前までやってくる。洋服に春を取り入れてはいるけど、まだ、真っ白の手触りのよさそうなマフラーをぐるぐるに巻いていて、そこから覗く上気して染まる頬が、同じ歳ながら愛くるしいと思えちゃう。

中学の時の友だち、萌南だった。潮東高校の特進クラスに通っているお勉強もとってもできる、でもなによりすごく優しい自慢の親友。

もとは捨て猫だったミルクを、萌南経由でもらったことで、あたしたちは本格的に仲がよくなった。

中学三年だったあの頃、萌南の家にはすでに猫が一匹いて、その他、複雑な理由で、これ以上猫を増やすわけにいかなかったのだ。それで、ミルクをあたしが引き取った。

ミルクのおかげで、こんな素敵な親友ができたんだ。

「受験、全部結果出た？　あ、夏林は国立が第一志望か。でも私立、受かってるのとそうじゃないのと気持ちがぜんぜん違うよねぇ」

「そうだね。萌南も受かってるよね。でも第一志望はこれからか」

「うーん、そうだねー。でも国立は無理っぽい。私立の受かってるとこに行くよ」

受験が終わったらゆっくり会おうと、お互い、ラインで多少のやり取りはしている。

萌南は私立のほうの第一志望が東京の、都心にある大学だ。受かったらたぶん、東京に住む。あたしの大学も東京だけど、はずれのほうで、無理をすれば通えないこともない。

「夏林、これから瞬くんの病院？」

瞬とも、何度か面識がある。

「そのはずだったんだけどー、なんだかまだ学校みたいで、半端に時間があいちゃったんだよね」

「じゃあどっか入る？　あたしも微妙に時間あるからさ」

「え？　いいの？　図書館とか行くんじゃなかったの？」

「どうしてもってわけじゃないよ。予約本がきてたからさ。あとで陸につき合ってもらうからいい」

「なんだ、萌南も内海とデートか」

まだ寒いのに寒さは二の次、ひらひらミニスカートはデート仕様だよな。

「まぁねー。どこ入る？　って駅前のバーガーショップだよね」

「だね」

萌南の彼氏はあたしと中学も一緒だった内海陸。内海は、超バカの不良だったのに、萌南を追いかけて高校二年の時、潮東高校の体育クラスから二段階上の特進クラスに編入する、という荒業をなしとげたすごいやつだ。

◇

女の子の友だちというものは実に不思議で、お互いの恋の変遷にはとかく詳しいものだ。

萌南はあたしの高校一年からの、三浦（みうら）瞬ストーカー時代を知っている。ストーカーから彼女に昇格したとはあたしもなかなかのものだな。

「なーんか気落ちしてるって感じだったよ、夏林。瞬くんと倦怠期（けんたいき）ではないよね？　まだ学校って、きっちり時間の約束してたわけじゃないんでしょ？」

　お互いジュースを買っていつも座るガラス張りの角っちょに席を取った。

「そういうんじゃないんだけど。あたしも今朝、高校の友だちが学校行かないってなって、あたしも行くのをやめた時に、ふいにこう、焦燥（しょうそう）感にかられる、というか。もったいないって思ったの。もうすぐ卒業、って妙に感傷的にならない？」

「あー、それ、すっごいわかる」

「それで瞬も、この間まではとにかくリハビリ一番！　みたいな感じだったのに、なんか午後のリハビリをすっとばしてここんとこ学校らしいんだよね。あたしの行く三時に戻ってない。まああたしもちょっと調子崩して病院三日ぶりなんだけど」

「ふぅん」

「しかも直前に連絡きたり、病院行っちゃってから連絡きたりするから、時間調整するのがめんどいよ。楽しんでるとこ、あんまりうるさく言いたくないしさぁ。同じ三年で気持ちはわかるしね」

「あーだーね。瞬くん、特にサッカーに熱中してた高校だもんね。それで図書館で時間調整してるの？　夏林、図書館大好きだよね」

「まぁね」

そこであたしは、唐突に、萌南に打ち明けてみようかな、という気持ちになった。

萌南なら瞬との関係はごく薄いし、高校が青葉西じゃなくて、寄松くんとの接点はあきらかに皆無(かいむ)。何人もいる女の子の友だちの中でも最上レベルの親密信頼度だ。

ミルクをあたしにくれたのは萌南なんだから、寄松くんとの接点を間接的につくったのは彼女だ。

なんだこのめちゃくちゃな理屈。

でも、あたしは、やっぱりノートについて、誰かに客観的な意見を聞いてみたいのかもしれない。よくよく考えても、瞬に心配をかけられない今、それが可能な相手って、萌南しかいないと思えた。

蓋(ふた)つきの紙コップの中に入れたストローで、残った氷をしゃりしゃり突き刺している萌南に向かって、知らず知らずのうちに言葉が漏れていた。

「萌南……」

「ん？」

萌南が紙コップとストローを手にしたまま、顔をあげる。

「あの図書館にさ。うわさがあるの、知ってる？」

「うわさ?」

「なんか、悩んでいる人が、一番助けてもらった本を頼るんだって。そうすると、その本に交換ノートが挟まってる」

「なにそれ?」

「だからそういううわさなんだって」

萌南は口を半開きにして、眉根を寄せ、真剣に記憶をさぐっているようだった。

「聞いたことない、かも」

そうか。この近くに住んでいて、あの図書館を頻繁に使う萌南が知らない。

でも地域が違う千春は知っていた。不思議だ。千春は嘘をつくような子じゃないし、実際にノートがあった。

ひとつ言えるのは、女の子っぽさに反して、千春は異常なほど都市伝説が好きなのだ。首が吹き飛んで血しぶきがあがるようなスプラッタ系はダメだけど、それ以外のオカルトとか、雰囲気ホラーは大好きなんだそうだ。

それは瞬経由の佐久くん情報。つき合い始めた佐久くんが、そういう系統の映画にばっかりつき合わされると、おののいていたもよう。

でも、だから千春はあの図書館のうわさのことを知っていたのかな。

「そのノートが夏林の浮かない顔の原因なわけ?　なんか悩みがあるってこと?」

「えーと、……うん」

「なによ、言ってよ。……って！　もしかして夏林、そのノート、ほんとに見つけたの？」

「見つけた」

「なにそれっ？　え？　え？　え？　どういうこと？　ちょっとくわしく教えてよ」

「うん」

頼っていいかな、萌南。

なんだか、さっき古迫としゃべったせいか、あの人かも、と思っていたひとつの可能性が消えて、あたしはけっこうがっくりきているのかも。

登校拒否とか、保健室登校専門のカウンセリングなんてたくさんあるし、高校でそういう心理療法士をやとっているところだってある。

きっと寄松くんのお母さんだって専門家を頼ってもいるだろう。解決される場合もあるだろうけど、そうじゃないから一年も保健室に寄松くんはいる。

でも、こんな超常的な方法で開始される交換ノートの相手が、心理学専攻の学生だと言われたら、不思議な力と論理的な説明、相反する二つを図々しくも望んでみたくなる。問題解決に超常的な力が働くかもしれないと、あたしはいつの間にか期待していた。

あたしはいままでのことを、詳しく萌南に話した。ミルクが迷子になって、寄松くんに保護されて、その人が、なにかを抱え込んで保健室登校になってしまっていることを。うわさで聞いた図書館の、その交換ノートをあたしは発見できてしまい、今、誰だかわからない相手とノートのやり取りをしていることを。ノートには、サマーウッズと、明らかにあたしあてである記述があったこと。

　さらにはついさっき起こった古迫との一件から、あたしがそれをどう感じたかまで。

「ミルク、無事だったのか……」

「やっぱりまず感想はそこだよね」

「っていうか何さ！　ミルクが迷子になったんなら言ってよ。あたしだって一緒に探したよ」

「夢中すぎて考えつかなかった」

「かもね。そういう時はね」

「でさー、そういうわけなのよ」

「そーかー。悩むね」

　女の会話、すげー！　と瞬によく言われるのを思い出した。ぽんぽん飛ぶのに、それにみんな遅れることなくついていくから。今も一瞬で、ミルクの話から寄松くんの話に戻った。

「まだ四回しかノートのやり取りってしてないんだけどさ。返答の内容は、それなりに核心をついている、と言えなくもないけど、まあ当たりさわりがないね。あたしは心理学なんてみじんもわかんないから。そういうものなのかな、って。さっきはね、保健室登校の原因をまず突きとめることが肝心だ、って書いてあったの」

「だよね。言われてみればその通りだよね」

「突きとめ作戦開始だな」

「それはいいけどさ。あたしはなんか夏林のほうが心配だよ」

「え？」

「やっぱ瞬くんに話したほうが……。あーでも知らない相手と交換ノートなんて許すわけないか。いくらミルクの恩人のためとは言っても」

「うん。それに今、瞬は大事な時だし、まずリハビリ――」

「かりんー」

「ん？」

「夏林が危ないめにあうほうが瞬くん嫌だと思うよ。隠されてるほうが嫌だと思うよ」

「危ない、め？」

「なんかさー、その古迫？　あやしくなーい？　夏林のこと受験中から見てたんでしょ？

あたし思い当たるよその人。どの人のこと言ってるのかなんとなくわかる」

「そうなの？」

「うん。ちょっと前だけど、中学生が何人かであの人かっこいいねーみたいに騒いでてさ、誰のことかと思ったら遠巻きに見てる先にいたのがたぶん、その古迫？　あたしも名前まではわかんないけど、あの図書館で若くてイケメン、って言ったらあれしかいないじゃん」

「そうなんだ。まあそうかもね」

「そのノートだって、夏林はしゃべってその可能性がなくなった、とか言ってるけど、冷静に判断したら、そいつの可能性が一番高くない？」

「い？」

「だって夏林の名前を知ってた、まあそれは、その時、貸出カードを見たんだとしよう。でも、夏林がついこの間まで受験生だったって知ってたんでしょ？」

「そりゃ……。だってほぼ毎日、瞬の部活が終わるまで図書館で勉強してたんだもん」

「でもさ、なんか怖いなー。そんな壁ドンチャラ男なんて。たぶんミルクが迷子になった時の夏林の状態、って普通じゃなかったんだと思うよ。そういう時に夏林を図書館で見かけて、夏林が突っ走るみたいにその問題の本？　それに突撃してったとこを見てたんだとしたら？」

「突撃なんてそんなこと――」

ってことじゃん」

「でしょ？　その本のことを知ってるのは、そういう夏林の尋常じゃない様子を見てた人、

「……………」

「それともさ、誰かにその本のこと話した？　その本の題名とか、その本にすごく助けられたとか、そういうこと」

「話したかなぁ。そんなことは話題にならないよ」

あたしは首をひねった。

「それにさ、図書館行くたびに連続なんでしょ？　そのノートのやり取り、って。そしたら普通に考えて夏林が書いたあと、それを見てすぐ反応できる人、ってことだよね？　会社員や学生は無理だよ。大学生はけっこう時間のある人はあるんじゃないの？」

「そうなの？　うーん、連続って言ってもあたしが調子崩して二日は間があいたし」

「そのうち一日は図書整理日で、外部の人間は入れないよ。それに理系は忙しいっていうけど、心理学って文系でしょ。いつも図書館にいるあの古迫なら、今、夏林が帰ったな、って思ってすぐその本を取り出して返事を読むくらいのことはできるよ。業務中にパソコン打ってプリントアウトは無理かもしれないけど、それは家でやってきてるのかも」

「ほー」

「そして、次の日、夏林が瞬くんのところに行く前、図書館に来る時間までにプリントアウトしてきた紙を、そのノートに貼る！」

「はー」

「人ごとだね」

「いや、二時間スペシャル並みの推理がすごすぎて。目がキラキラしてるんだもん」

「あたし刑事になろうかな。いや。探偵かな」

「そんな危ない職業に就くなんて言ったら、俺もって内海まで探偵になるって言いかねないよ」

萌南はほおづえついたまま、あたしのほうにぐぐっと顔を近づけた。

「陸はあたしに惚れてるからね」

「瞬もあたしに惚れてるよ」

「ははは」

「ほほほ」

◇

違うと思うんだけどなー、とあたしは萌南と別れてからぼんやり瞬のいる病院に向かいながら思いをめぐらせていた。

なんていうんだろう。漠然とした直感としか言いようがないけど、一番最初に貼ってあったあの紙。サマーウッズ、とあたし宛てであることを示した当て字のような英文と、相談に乗ります、の明朝体。なんの特徴もない短文なのになぜかあたしはなぜか深い安心感に包まれた。

その後のやり取りでも、行間から漂う雰囲気が、あたしをそこはかとなく温かい気持ちにさせる。本当にあたしを心配してくれているような錯覚さえおこさせる。それがあまりにもあの古迫の持っている軽薄なイメージと重ならない。

でも客観的に観ると萌南の解釈もあながち外れているとは言えないのか。

あたしが図書館を出てからすぐ確認、そして返事を書ける人。しょっちゅう、図書館にきている人、さらには以前からあたしを見ていたということで萌南はあのチャラ男の古迫に焦点を絞っているみたいだけど。

なにも、そういうことは、古迫じゃなくても、あの図書館で働いている人ならだれでもできる。最初から千春に司書だってことは言われていたしな。

確かに他の司書さんとの違いを考えたら、心理学、というキーワード、それから、顔見知りでもないのにあたしが受験生だと知っていたことくらいだ。

あくまで直感だけど、あのノートを書いたのは、古迫じゃないと思う。

たぶん、相当に上(うわ)の空で瞬のいる個室に向かった。さすがにもう戻っているだろうと思う。萌南とけっこう長いこと、バーガーショップでおしゃべりをしてしまった。

いつもはノックくらいはするんだけど、すっかり他に意識が飛んでいたその時に限って、あたしはいきなり個室のドアを開けてしまった。

「おー、夏林、今日遅かったじゃん。まあ、俺も遅かったけどな」

「夏林ちゃん久しぶりー」

「う！」

「何、その、う！　ってうめき声は。やーね。今さら瞬なんて取らないわよー」

瞬はベッドの上にいなくて、まだ制服から着替えてもいなかった。

瞬の隣のパイプ椅子(いす)に座っていたのは、瞬と同じ高校で、彼が中学の頃につき合っていた渋沢桃花(しぶさわももか)ちゃんだった。

雑誌の読者モデルをしているお人形のような外見の女の子だ。ただでさえかわいいのに、制約の少ない公立の青葉西高校に通う彼女は、同じ高校の千春よりバリバリにおしゃれをしている。髪は明るい茶色に染めていているし、制服はカーディガンからスカートが十センチしか見えていない。

うちの高校だったら即、反省文のうえ停学ものだ。

「いえ。後光があまりにまぶしく……」

「あー、今日はあのやぼったい制服じゃないんだねー。今時あの丈でよく外が歩けるとか思ってたよ。今日の私服はまだマシって感じー？　ねー瞬？」

このコはかわいそうに、性格のかわいらしさがぜーんぶ顔にいっちゃっているのだ。

「しょーがねえよ。夏林の学校、校則うるさいんだもん」

「まぁまぁ座りなよ」

なにがまぁまぁなのか、よくわからない桃花ちゃんの言葉に、自分の家ですか！　と、突っ込みを入れたくなる。

「言われなくても座りますー」

あたしは瞬のベッドの上に靴を脱いで上がりこんだ。

「まー！　どうだろ。見た？　瞬、このライバル意識むき出しの小憎たらしさ！　こういう女はかわいくないよ？　もうすぐアメリカ行っちゃうあたしにその態度？」

そうだった。桃花ちゃんはもうすぐ親の転勤について、アメリカに行ってしまうのだ。まだ瞬が好きだと、あたしにだけ打ち明けられたことがあるけど、本当は性格だって、いい子で完全に和解はしている。

ただ、今、ぼんやり瞬の部屋に入ってきたら、ほんとに後光が差して、まぶしくて顔をそむけたくなるような感覚に襲われたのも事実。

　この二人がお似合いすぎて……。

「ごめん、桃花ちゃん。なんか二人でそうしてると、真面目(まじめ)にへこむほど美男美女なんだもん」

　あたしはおとなしく瞬のベッドから降りて、たくさんありすぎるパイプ椅子のひとつを開いて、二人の近くに座った。

「やーだ！　そんなほんとのこと今さら言われてもあたしがへこむってば」

　そうなのか。あたし相手に負けるというのも、それはそれでへこむものなのか。


　青葉西高校の、サッカー部のマネージャーっぽいことをしてくれていた桃花ちゃんだけど、いままで彼女が一人で瞬のお見舞いに来たことはなかった。毎日、ここにあたしがいることを知っていてきたわけだし、なにもやましいことなんかない。今日はあたしが萌南としゃべっていて遅くなったんだ。

　瞬を好きな子が、ほんの短い時間でも彼の近くにいる、というだけで、いちいち胸がさわぐあたしはどれだけ心が狭いんだろう。

「もう、卒業式、目の前だね。公立のほうが早いもんね」

「そうだねー。卒業したらすぐあたしはアメリカ。みんなバラバラになっちゃうね」

高校の違うあたしはそれほど、桃花ちゃんのことを知っているわけじゃない。高校三年も半ばに青葉西に編入してきたのは、瞬がいるからだと、たまたま二人になった時に言われた。そして、桃花ちゃんは、あたしたちのつき合いを、今は祝福してくれている。

その後、三人でいろんな話をしながらも目の前の二人のあまりのきれいさと、自分の心の狭さについてちくちくわが身を責めるような、めんどくさい感情にとらわれた。

でも、バラバラになっていく。友だちとか、恋人とか、これからもつき合っていくことを示すはっきりした名前のついていない関係の人たちとは、人生でもう二度とすれ違わないかもしれないんだ。言葉を交わさなくても、昨日まで毎日同じ校舎の中にいた人たちと、ある日を境に二度と会わない。

それが卒業なんだ。卒業も一種の境界線かもしれないな。でもこの境界線は、全員が、意識して同時に越えるものだ。

桃花ちゃんは、夕食の前に席を立ち、あたしと瞬で見送った。

その後、予定通り、瞬に作ってきた彩り弁当を彼に渡し、あたしは、病院食を食べた。確かに毎日じゃ飽きるよな、と思う。でもこれも、あと数日だ。

片づけをして、瞬が地下のリハビリ室に行く準備をしていた時、ノックの音がした。遅い見舞い客、あらたまった人だ。瞬の男友だちはノックなんかしない。

「はい、どうぞ」

瞬が答えると、ジャンパーにスラックスというラフな格好の人と、スーツ姿の三十代くらいの二人、全部で男性が三人、病室に入ってきた。

「三浦くん、調子どう?」

「わざわざ遠くまで、ありがとうございます。順調です」

瞬が見たこともないほどきちんとした態度で、まっすぐ立って三人に頭を下げた。

この人たちって……。

「瞬、あたし今日は帰るね」

すぐ横にいた瞬に小声でそう告げると、悪いな、あとでラインする、と短く返事が返ってきた。

あたしは素早く鞄(かばん)やコートを取り上げると、会釈(えしゃく)だけをその人たちにした。必要以上に急ぎすぎて、まるで逃げるような勢いで廊下(ろうか)に出た。

電球がどこか切れているんじゃないかと思うようないつもより薄暗く感じる廊下を、一人でとぼとぼと玄関に向かった。エレベーターホールに入る角で、三人の男の人が今いる瞬の病室を振り返る。失礼だったかな。きちんと挨拶とか、するべきだったんだろうか。せめて普段通り、椅子を並べるくらいはしてもよかったのかな。

そう考えながらも知らず知らずのうちに、あたしの唇はへの字に固く結ばれていたらしい。

時間は止まってくれない。

ついに、瞬の退院も決まった。マイペースで、力が抜けて見えるけど、実は意外にリハビリリハビリ、と焦っている瞬。だけど、もう充分通いながらリハビリすることはできるから、病院と話し合って決めたらしい。

人の意思に関心を示さず、季節はめぐっていくのだ。

◇

その日は、寄松くんの家に、家庭教師をしに行く日だった。最初の何回かはミルクを連れていったけど、今日はもういいかな。

寄松くんとそのお母さんに玄関で出迎えてもらい、そのまま彼の部屋に上がる。

主に教えるのは英語と数学だけど、どうやら、寄松くんは数学のほうが苦手っぽい。

あたしも完全にこの二つだったら英語派なのだ。数学はもう〝嫌い〟の部類。あたしの場合、獣医になるために仕方なくの理系だ。これから六年みっちり数学とおつき合いかと思うとそれだけで、気持ちがなえる。

「藤谷さん、ここちょっとわかんないっす」

「あーそー、んー、これはねー」

高校一年の初期で、つい最近まで受験でやっていたことなのに、ほんの数週間、勉強から離れただけで、考え込んでしまうこともよくある。こんなことで、大学に受かったとしても大丈夫なのかな。


基本、二時間の契約で、あたしはこの家庭教師を引き受けている。

最初の一時間が終わりに近づくと、寄松くんのお母さんが休憩にお茶と、たいていケーキかドーナツみたいなおやつを持ってきてくれる。

ここのお休みを狙(ねら)って、あたしはちょっとした使命に燃えていた。どうして寄松くんが保健室登校になってしまったのか、ものすごく聞きにくいことを聞こうとしているのだ。交換ノートの人が指摘してきた〝原因〟をまずしっかりと把握(はあく)するため。

「よ、寄松くん、学校、どうお？　あのね、あたし、青葉西高校にたくさん友だちがいるの。自由だし、うちの高校と違っておしゃれとかしてもいいから、特に女の子はすごくかわいいよ」

思春期男子に巣食う（と想像される）願望を刺激して動かし、女子で釣って心を開かせる作戦。

「へぇ、あんま興味ないなー」

失敗。

玄関を抜けたところから感じていたことだけど、今日、寄松くんも彼のお母さんも、あたしの私服姿に接した反応は、手放し大喜びウエルカム、からはほど遠かった。それはこの間の私服の時も同じだ。

いつもは、学校から瞬の病院、一度帰りはするけど、遅いから着替えもせずにすぐここに来る、というパターンだ。つまり制服。

でも今日は、学校に行かなかったから私服だ。

瞬に会うから、どうでもいい格好はしていない。パステルのトップスに白いフレアミニ。髪だって二つに縛っていなくて、念入りブラッシングのうえ、背中にふわふわ解き流し。

この時間になると、かなりぐしゃぐしゃだけど。

この自分的女子度のかなり高いスタイルに、玄関でこの親子は、そろって微妙に寂しそうな顔つきになったのだ。

わかっているよ。あたしより、恵が丘女子の制服が大好きな親子なのだ。そして寄松くんに至ってはその自覚すらない。

「そうか。そうだねー。でもさ、保健室も長くいると退屈かなあ、って。養護の先生と二人、っていうのも……」

「いや平気。俺以外にも保健室登校っているんすよ。みんな一年先輩だけど」

「みんな？　そんなにたくさんいるのっ？」

「いや、たくさんでもないけど。俺以外に、二年が二人っす」

「そ、そうなのか……」

なにかそこであった面白いことでも思い出したのか、寄松くんの口元がふっとほころぶ。それ、もしかして女の子なのかな。そこで保健室の結束が芽生えていたりして、妙に居心地がよかったりするんだろうか。保健室登校って傷つきやすいナイーブで優しい女子、ってイメージだから、ほわほわと過ごしやすい空間ができあがっちゃっているのかもしれない。

こうまで保健室にいることに疑問や焦りを見せないと、どうして授業にでないの？　なにが原因なの？　と聞きにくい。

おおよその見当はついているとはいえ、というか、それしか思い当たらないんだけど、すごく切り込みにくい。

「ほら藤谷さんも、最初、行きたくなったら行けばいい。そのために、遅れないように勉強だけはしておいたほうがいいって言いましたよね」

「そう、だね」

「まあ、楽っちゃ楽なわけだし」

「そ、そうか……」

でも、保健室では味わえないものが高校生活の中にはたくさんある。卒業を間近にすると、そういうもののひとつひとつが愛おしい。ミルクを助けてくれた優しい寄松くんだからこそ、この限られた三年という時間を、大切に、意味のあるものとしてとらえてほしいんだよ。

たぶん、いじめとか、教室に原因があるんじゃないんだよね？

なんだか保健室が居心地がよさそうな寄松くんを前に、あの交換ノートの主が言うように原因をきっちり把握するための追及の言葉を、どうしてもあたしは口にできなかった。

◇

「お邪魔しました。じゃ、寄松くん、宿題はよろしくね」

「藤谷さん、ありがとうございました」

「ほんとに助かりますわ。またよろしくお願いします」

玄関で、二人に頭を下げて、寄松家を出る。ライトに照らされた門までの道を、誘うように植えられたクリスマスローズの輝く庭。

これほど整えられた庭の形を作るには、姫果さんが結婚してサンティアゴに行って、お母さんが会社を辞めてからの短い期間じゃ無理なんだ。きっと、この庭の原型を作ったのは姫果さん。それがこんなにもきれいな花を咲かせている。

今でも、この家には随所に、住人に心の中で想われながらも切り離されたまま、遠くで暮らす姫果さんの存在がつきまとう。

◇

「夏林、学校は？　今日もいかないの？」

ママが連れていく朝のトトメスの散歩は短い。ママが散歩に行っている間にミルクにじゃれられながら、あたしはママと自分のぶんの簡単な朝ごはんを作った。瞬のお弁当は、さすがにスタートが昼近くじゃないと、食べるのは夕方だからなぁ、と考えてしまうところがある。いくら冬とはいえさ。

「学校行くよ。でもちょっと今日は寄るところがあって遅れていくことにしたの」

「そう、ママ今日は、早番なんだ。夏林、鍵お願いねー」

「はーい」

紅茶とトーストとゆで卵をささっと食べ終えると、ママはあわただしくリビングを出ていった。


あたしは、九時ちょっと前に、スクールバッグを両腕で固く抱きしめて、電柱のかげから遠巻きに、寄松くんの家の玄関のほうを覗き込んでいた。もう不審者丸出し。自転車は、その電柱のすぐそばの、寄松家のある通りからはずれた角のお宅の塀(へい)に、べたっと張りつけるようにして停(と)めてある。こんな中途半端な時間に制服だし、補導されたらどうしようと不安になる。

「おーきたきた」

九時ぴったりくらいに、これまた制服の上にそれをすっぽり隠すようなアウターを着た寄松くんが、シルキーのリードを持って、豪華な門からお出ましになった。そのまま坂を下るように駅の方に降りていき、今、工事中のお宅の角を曲がった。

「あっち方面にお散歩ですかい」

それ、って感じであたしは寄松家に飛び込んで呼び鈴(りん)を押した。

寄松くん担当のシルキー散歩が九時頃、というのは前に聞いた。でも、どのくらいの時間、外に出ているのかは知らない。察するに大型犬だから、そんなにすぐ帰ってくることはないだろうとは思うけど、確実に寄松くんのいない時間を狙うとすると、もうこのシルキー散歩時間に絞るしかない。

「はい」

インターホンから寄松くんのお母さんの声がする。

「藤谷です。朝早くからすみません」

「あら夏林ちゃん、ちょっと待ってね」

寄松くんのお母さんがすぐに玄関先に来て、ドアを開けてくれた。

「どうなさったの？　何か忘れ物？」

普段着にエプロンをつけた家事スタイルで、寄松くんのお母さんはあたしにやわらかい笑顔を見せた。

「違うんです。あの……。ものすごーく差し出がましいんですが、あの、えーと……」

息巻いて来たというのに、いざ寄松くんのお母さんを目の前にすると、あまりに差し出がましすぎて、やっぱりいいです！　と叫んで引き返したい心境になってくる。あたしにできることがあるかも、と考える時点でおごっている。

「何か、話があるのね。入って夏林ちゃん」

「は……い」

　最初に何度か通された豪華なリビングのソファに、あたしは落ち着くことになった。目の前の、紅茶の湯気の向こうには、寄松くんのお母さんが腰を下ろしている。

「どうぞ。寒かったでしょ」

「ありがとうございます」

　あたしはまず、気を静めなくちゃ、と出された紅茶に口をつけた。

「それで？　利一のこと？　利一がこの時間にシルキーの散歩に出るって知ってたんでしょ」

「すみません。以前、休憩中の雑談で聞いたんです。その時は、ほんとにたまたま聞いたんです。聞きだしたわけじゃなくて」

「わかってるわよ。夏林ちゃんが、利一を心配しているのは見ていてよくわかるの。確か、利一と同い年の弟さんがいるのよね」

「はい」

　そう、やっぱり家に帰ると歳相応の、元気で生意気な部活少年の雅哉と、利一くんを比べてしまう。同じ高校一年生なのに、この違いはなんだろう、と悩んでしまう。

「それで？」

「そう、あの、同じ歳の弟を毎日見てる、ってこともあるんですけど、あたしも卒業を目の前に、いろいろ感傷的に考えることが多くなって……。せっかくの高校時代を保健室の中だけで過ごすなんてもったいないな、っていう気持ちがすごく強いんです。寄松くんと、お姉さんのすれ違いに、そのー、ほんの少しでもお役に立てることがあるなら、なんて……」

「そうか。ほんとに優しいのね。夏林ちゃん」

そういうわけじゃないんだけど。なんていうか、やっぱりミルクの命の恩人だし、正直、気にはなる。

「無理にとは言えませんけど、保健室登校になってしまった原因、教えてもらっちゃダメですか？　やっぱり原因を取り除ければ、って。えーと、あたしの出る幕じゃないのは重々承知してるんですけど。もうカウンセリングの方とか、つけてらっしゃるかもしれないし」

「そうね。カウンセリングの人もまあ似たような見解ね。無理じいは決してしないでゆっくり、って感じかしらね。でも、利一の場合は、わたしにしてみると、もう一発逆転、みたいな方法があるような気がするのよね」

「は？」

なんだその一発逆転、とは。

「たぶん夏林ちゃんもわかってるんじゃないかしらね。利一が変わってしまったのは、姫果が嫁いでからいきなりなのよ。高校受験が終わって、青葉西高校に決まったその春休みに、姫果はサンティアゴに行ってしまったから」

「え、じゃあ……」

その一発逆転、というのは、姫果さんが離婚かなんかをしてまたここの家に戻ってくるってこと？　おーい。寄松！　どこまでシスコンなんだ。

そこで寄松くんのお母さんは口に手をあてて笑いだした。

「夏林ちゃん、面白いわね。顔色にもろに出てるわよ」

「え？　いえいえ、そんなことは」

あたしは両手を胸の前であわあわと振りまくった。

「そういうことでもないのよ。まあ簡単に言えば利一は拗ねているのね。自分が捨てられたって思ってね。身体は小さいし、友だちもあんまりいなくて、姫果が自分の大半だったと思うのよ」

「………」

「姫果、今、妊娠してるんだけどね。ほんとに離婚して帰ってきちゃうかもしれないわねー」

「えええええっ!!」

なんだと？

「一発逆転、って言ったのはね、親として、姫果にそんなことをしてほしいと思っているわけじゃないのよ。姫果から、手紙がきてるんだ。それこそ、毎日のように、利一あてに。姫果にしたって利一は弟でもあり、子供でもあるようなものだもの」

「それを、寄松くんは読んでるのに、そんな、拗ねてるんですか？」

一発ぶんなぐったらどうなんだろう。

「読んでないのよ。メールや自分あての電話は全部、ブロック状態だから、仕方なく姫果は手紙を書いてる。それさえ、利一は読んでないのよ」

「もう、それはそのー、目の前で読んじゃえば……」

「読ませようとしたわよ？　何度も。でもあのいつも温和な子が興奮しすぎて、過呼吸(かこきゅう)になったり、手紙に火をつけようとしたりするから危なくて」

「ええっ。あの寄松くんが、ですか？」

「そうなのよ。でもあれから一年たって、だいぶ落ち着いてはきてると思うの。焦らないほうがいい、ってカウンセリングの先生もおっしゃるの。どうにか姫果の手紙を読んでくれさえすれば気持ちも変わると思うのよ」

「そうですか」

「やっぱり夏林ちゃんの中に、姫果を見てるんだと思うわ。それはわたしもそういうところがあるから、利一の気持ちもよくわかるのよ」

「そうですかねー。写真で見る限り、あんまり似てるようにも思えないんですけど。あ、制服と髪型は一緒ですよね。今時、ちょっとでも短くしちゃダメな規則なんで」

「そうね。最初は制服に懐かしさを覚えてたけど、性格はちょっと違うみたいよね」

だいぶだと思うんだよね。実は。

「そうだと思いますよー」

「夏林ちゃん」

「はい」

「あなた、たぶん自分が思っているよりずっと魅力的よ」

「えっ？」

「猪突猛進、というか全力投球、というか」

「ああ、そういう……」

「そういうのが、きっと男の子にはたまらないんだろうな。外見だって充分かわいいけど、そういうもの以上に人を惹きつけるものがあなたにはある。彼氏になった子はあなたを放さないだろうなー」

「そうだと……嬉しいな」

最後の呟きは、思わず漏れたものだった。

彼氏、って単語にあたしの意識は簡単に目の前にいる人からそれてしまう。

これから離れていくあたしと瞬。別れが目前に迫っているあたしと瞬。

突然の訪問だったのに、迷惑そうなそぶりもなく、こころよく迎えてくれた寄松くんのお母さんに頭をさげて、広い玄関から外に出た。

どうにか寄松くんがシルキーを連れて戻ってくる前に用件を終わらせることができた。収穫はあった。あたしはスクールバッグを自転車の前カゴに入れると、サドルに乗ってペダルに足をかける。

学校に行く前に図書館に寄ろう。


「ぎょぎょ！」

図書館の建物の幅広階段を上った正面、貸出カウンターの近くに古迫がいた。どうも古迫は、大学生のバイトだからなのか、カウンター業務はしないみたいだ。いつもワゴンに返却された本を乗せたり、運んだり、何かの整理をしている。

フロア面積は広いのに、カウンターの前を通らないとどこにも行かれない、という造りの図書館だ。

くだんの本がある場所に行くには、カウンターの横を通ってその奥に続く書棚群をつっきるのが一番早い。でもあたしは遠回りして、左に大きくそれ、閲覧席の並んでいる方向に足を向けた。前期の受験は終わった平日の閲覧席に人はまばらで閑散としている。別に先に席を確保する必要はない。

　足早にそっち方向に歩いていたら、後ろから足音が聞こえたような気がした。振り向かない。

「藤谷夏林さん」

「はっ、はい！」

　観念して、苦りきった顔をもとに戻すための時間かせぎのため、ゆっくりと振り向いた。

「またお会いしましたね。こんな時間に学校は？」

「さっ！　三年なんで、自由登校なんです」

「ああ、そうだよね。高校ってそういうのがあったよね、確か。僕はもう三年も前だから忘れたなぁ」

「そそっ。そうなんですね。古迫さん、三年生なんですね。あ！　昨日はありがとうございました」

　そこで古迫が、また、知人領域を侵すほど距離をつめてこっちに迫ってきた。あたしは後ろに飛びのく勢いで、素早く知人領域を死守した。昨日と違って、後ろは壁じゃないし、すくないとはいえ、人の目もある。

「僕の名前を憶えててくれたんだね。光栄だな、藤谷さん」

　げげげ。あたしったらなんという墓穴を！

獲物を狙うへびとは、こんなふうに草むらから静かに鎌首をもたげて、近づいてくるものなんだろうかと、じりりとこっちに近づく靴先を見つめながら思った。

「いえ、あの、昨日ネームプレートが見えて……」

「少なからず興味があったから憶えてたわけだよね」

「………」

そこでコカッと小気味のいい炸裂音がした。

「いってーっ!!」

いきなり古迫が頭を押さえた。

「図書館はナンパをする場所じゃないと何度言えばわかるんだ！　古迫っ！　今度、利用者に迷惑かけたらお前はクビだ、クビ！」

年配の、いかにも上司、という感じの男の人が、古迫の頭をノートの角で叩いた音だった。それから古迫の首根っこをつかまえる勢いで、後ろにひっぱった。

「ごめんなさいね。一応仕事は早いから重宝はしてるんだけど、どうにもこいつには、かわいい女の子が大好きという悪いクセがあってね。受験生に声をかけたら即刻クビだったんだけど、それはなかったでしょ？」

「ありませんでした」

「閲覧席の利用？　安心して使ってください。こいつは今日は猛反省で、地下の閉架図書の整理補佐を一日やってもらうから。外に出さないから」

「はい。あの、一応は昨日貸出カードを拾ってもらいました」

「ふうん。ま、利用者の貸出カードを届けるなんて当たり前のことだよね」

「そう、かも、ですね」

壁ドン方式で返すのは当たり前じゃないと思うんですが。

図書館のえらい男の人にひっぱられていく古迫の後ろ姿を見送りながら首をかしげる。


あの人が今、持っていた本、不登校児に関する啓蒙書だった。

でも、違う。偶然だ。絶対に、交換ノートの相手はあの人じゃない。


あたしは、窓に近い閲覧席にスクールバッグを置いて、場所を確保すると、そこからカウンターを通らない直線コースで動物コーナーの書棚に向かった。

変わらず端に置いてある、黄ばんだ背表紙を抜き取った。あたしはそれをそのまま、確保しておいた閲覧席に持っていった。

椅子に座ると、裏表紙の前からノートを出して開く。

「おおっ……」

昨日、あたしが書いた、【心あたりは、あります。はっきりさせるよう、努力してみます】の文字だけが、心もとなさげに浮かんでいる。

でもその前に貼ってあった紙、【保健室登校の原因は何でしょう？　わからないならそれをまず、突きとめることが肝心です】確か、そんなようなことがプリントアウトされた紙が、剝がされていてなかった。その痕跡、ひっぱられて一緒に表面がはぎ取られた跡だけが残っている。

このノートを、読むだけは読んだんだ。以前はあった紙が剝がされているのがその証拠。

いつものパターンだと、あたしは学校へ行ってからここへ来る。午後、瞬のところへ行く前の時間調整に使っていたから。

でも今日は、寄松くんの家に行って、自分が予想していた以上の収穫があった。

姫果さんからの手紙。毎日のように届くらしいから、自分の様子や、寄松くんを思う気持ちが、事細かにつづってあるんだろう。

そして、最近の妊娠発覚。妊娠なんて、想像もつかないけど、おそらくそんなに心配なことがあったら、胎児にだっていい影響はないに決まっている。

そんな状態なのに、ついに思いつめた姫果さんは日本に帰ってこようとしている。確かに寄松くんのお母さんが言うように、その手紙を読んだら、自分はちゃんと大事にされていたんだと納得して、一発逆転で、和解をしそうな気がしないでもない。

あたしは、早く交換ノートの主にそういうことを、報告したかったんだ。だから気が急いて高校に行く前に、ここにきてしまった。

いつもより時間がずっと早い。だからまだ返事をプリントアウトしたものが、貼ってないのかな。

仮に、仮に古迫だとしても、ああやって仕事をしているわけだから、一緒に働く人の目を盗んで、自宅でプリントアウトしてきたものを貼るのはなかなか難しいと思う。動物コーナーは一番カウンターから離れているし。

貼れるとしたら、お昼休みとか、休憩中だろうな。まあ、絶対に古迫じゃないけど。

あたしは、昨日自分で書いた、【心あたりは、あります。はっきりさせるよう、努力してみます】の文字を、消しゴムを出して丁寧に消した。

今消した場所に、かぶせるように、新しい文章をかき込んだ。

【原因は、外国に嫁いだお姉さんでした。母親がわりだったそうです。その人からの手紙が毎日のように届いているらしいのですが、彼はそれを読んでくれません。読んでくれさえすれば、状況が変わるかもしれないほど、内容の濃い手紙らしいです】

自分で書き込んだ文字を眺めながら、漠然と考える。

いままで、当たり前のように近くにいた、大事な人が、いなくなってしまうって、どんな感じなの？　自分が壊れてしまうくらいの喪失感？　虚無の世界？

「思い出せない……」

あたしの生活に、瞬がいなかった頃のことが、まるで思い出せないよ。たった九か月前は他人だったのに、そんな頃があったなんて嘘みたいだ。

でも、もうすぐ、その思い出せもしない毎日の中に、あたしは否応なく入っていくんだ。

寄松くんのお母さんが言ったことがふいに思い出された。


〝彼氏になった子はあなたを放さないだろうなー〟


それは本当？　ぜんぜん信じられないよ。

決して女子力が高いとは言えないあたし。顔もスタイルも十人並みだし、とりたてて人を惹きつける才能があるわけでもない。どうして瞬がそんなにあたしを想ってくれるのかわからない。

彼は、戦線から離れてはいるけど、もとはU18日本代表のサッカー選手だった。マイペースでかなり変わったところがあるとはいえ、明るくてかっこよくて、人当たりもいい。

　これから先、瞬のまわりには、あたしなんかより、ずっときれいで魅力的な女の子が当たり前のようにいるようになるんだろうな。

　病院で、瞬が中学の一時期つき合っていた桃花ちゃんと会った。アメリカに行ってしまう彼女と、瞬にまた接点ができるとは思わないけど、目の前であれほどお似合いの美男美女ぶりを見せつけられると、本当に不安になる。あたしが隣にいるよりも、ずっとずっとああいうモデルばりの美少女のほうが絵になるんだ。

　瞬を、いつまでも惹きつけておく自信なんて、あたしにはない。世界に通ずるほど秀(ひい)でた能力を持っている瞬に比べて、あたしは平凡すぎる。

　瞬に出会うまで、あたしは自分のことを、それほどネガティブな性格だと思ったことはなかった。でもこんな、劣等感に近い感情を持ってしまうほど、瞬を強い気持ちで想ってしまっている。

「瞬……」

　桃花ちゃんが瞬の病室を去ったあの後、あたしの心を、別の意味でかき乱す人たちが入ってきた。ラフな格好の人とスーツ姿の人たち。あの三人が、瞬を、あたしから奪っていく。……違う。あの三人は瞬を光の中にいざなう大切な人たちなのだ。

あたしは、一度放したシャーペンを、折れるほど力を入れて握り、目をきつく閉じて唇を噛(か)みしめた。

一度上がった心拍数(しんぱくすう)が落ち着くと、目を開き、あたしはシャーペンの先を走らせた。


【自分の彼氏が好きすぎます、どうしたらいいでしょう】


「ここまでくると一種ナルシだな」

寄松くんの相談をした文章の下に、そう書きつけた。あたし、何をやっているんだろう。

しばらく放心したようにその文字を見ていたけど、消すこともなく、交換ノートをもとの通り、犬、猫、鳥、の本の裏表紙に挟んだ。

閲覧席から、貸出カウンターを通らないで、横から直接、奥の書棚に行くことができる。あたしは荷物をまとめて帰る用意をすると、交換ノートを挟んだ本を手に、立ち上がった。

動物コーナーのある書棚のほうに歩いていく。

「巨大図書館、本の森だね、まったく」

歩くとふかふかする。質がいい上、長い年月にさらされて重厚感を増した深緑の絨毯(じゅうたん)が、書棚エリアにだけは敷いてある。

「あれ」

来た時に通らなかった道筋の、書棚の一番下に、小さな紙片が落ちているのを見つけた。ゴミみたいなものだから、そんなものはいつもなら素通りする。ここの書棚にゴミなんか落ちていることはないけど。

床じゃないから掃除機をかけた時に、そのままになったのかな。どうしてそんなことをしたのか理解に苦しむけど、あたしはその紙片に吸い寄せられるように近づき、けっきょく、拾い上げた。

いらなくなった小さなメモを、破って捨てたか、落としたか、したように見える。紙面には、横一線にまっすぐで乱れのない几帳面(きちょうめん)な鉛筆書きで、数字とローマ字の組み合わせが並んでいた。破られているから、判別できるのはほんの一部だ。なんだろう？　何かのパスワード？

「え！　これって……」

稲光がするほど鮮烈に、脳内を記憶が走った。

確信とまではいかないけど、この字を、あたしは知っているかもしれないと、思った。

◇

瞬がリハビリ第一の生活から、少し、卒業前の高校生活にウエイトをうつしてから、あたしも、三時の面会時間開始と同時に病室に行く、というスタイルを見直さざるをえなくなった。瞬と連絡をとってから病室に行かないと、そこで何時間も待たされることになる。それでも個室だから気楽なものだけど。ほんとにベッドが目の前にあると、そこにひっくり返って雑誌でも読んで待っていたい、という誘惑にかられる。

でもそうすると、絶対に眠くなってしまい、けっきょく、寝ちゃう。そして帰ってきた瞬まで寝ちゃう、師長さんに見つかって怒られる、という展開だ。

ずっとサッカーをやってきて、体力は人並み以上にある瞬だけど、さすがに松葉杖で、片足には可動域を制限する装具をつけての移動で学校、となると疲れて眠くもなるらしい。学校は全部階段だしね。

この間は二人で熟睡しているところを見つかって怒られたけど、これが瞬と二人じゃなく、あたしだけだったら問題にならないかっていうと、それも違うでしょ、と思う。入院患者でもないあたしが熟睡しているのもやっぱり変だ。

ベッドに入っちゃいたいところを我慢して、ロッカーの横の紙袋から、あたし用の雑誌を取り出しパイプ椅子に座る。紙袋の底のほうにちらりと見えた仙台のガイドブックを、あたしは無視する。

「もうすぐ退院、追い出され退院だけどさー」

無人のベッドを前に独り言。


あの後、少し学校へ行き、また愛実たちとランチをしていたら、瞬からラインがきた。


〝病院へ戻るのは四時くらいかな、夏林、どうする？〟

〝じゃあ、その頃あたしも病院行くよ〟

〝友だちと早く別れる？　図書館とかで時間調整するの？　先に病室行っててもいいぞ〟

〝友だちと別れたら、すぐ病院行って待ってるー〟


こうやってラインで連絡を取り合っているから、瞬が病室にいなくてももう慌てない。

瞬はまだ、松葉杖なしでもいいという許可がお医者さんからおりていない。普通の靭帯再建なら、膝につける装具のみになる時期だ。経過は当初の見込みよりずっと良好なのに、まだ松葉杖。どうなるのか先が見えないほどひどい事故だった。

あの頃の辛さを思えば、今の状況なんて天国みたいなものだ。

だけど、人間は、その環境に慣れてしまえば、果てしなく貪欲になっていくものなんだな。

四時になっても瞬は戻ってこなかった。

あたしは、立ちあがって雑誌をパイプ椅子の上に置き、食事をするための小さいテーブルがついたロッカーのところに行った。大きな窓からは、桜の茶色い枝先だけが春の風に揺れているのが見える。

「あーあ、まだこれ出してないんだ」

テーブルの上に、高校の関係のプリントだと思われるものが何枚かおいてあった。

卒業のために、先生が苦肉(くにく)の策で出してくれた英語の課題。あたしと一緒に解いたところはやる気の全くない英文が躍っている。

「こっちもだよ」

この間、瞬が、担任の先生から書き直しを言い渡された進路調査の紙。

卒業後進路、のところには、見慣れた大きさがバラバラのきったない字で、〝ニート〟と書いてあるままだ。

「卒業後、進路、か……」

あたしはその紙を手に取った。

卒業式なんか、こなければいい。瞬と別れなければならない卒業式なんて……。

貴重な青春時代に瞬を好きになり、瞬にも好きになってもらえてつき合えた。なんて幸せなことなんだろう、と思っていた。でも、今じゃないほうが、よかったのかもしれない。高校を卒業したら、大学生になるあたしと、〝ニート〟らしい瞬。これが、十八歳同士の恋愛じゃなくて、二十五とか二十六とか、当たり前に結婚できる年齢同士のそれならよかったのに。

別れたくない。いっそ大学なんかやめて瞬についていきたい。

瞬ってそういうこと、考えたりはしないのかな。足をけがして再起不能かもしれない、と言われていた頃、初めて彼のもろい部分を見た。あたしだけを頼った瞬を見た。

今は確実に回復に向かっているから全然弱くないけど、元気な時でも、意識したり思い出したりしなくてもいいから、空気のようにあたりまえに、あたしを必要としていてほしい。贅沢(ぜいたく)かな。

ここの個室の窓は許可がないと開けられないけど、窓枠(まどわく)に手をついて外を眺めれば、刻々と、景色があたたかい色を帯びていくような気がする。

「季節が終わる」

「そうだな」

あたしの後ろから二本の腕がゆっくり伸びて、肩口から身体(からだ)を包むように巻きついてきた。

「瞬、おかえり。サッカー部、見に行ってるの？」

「行くよ、部も。他も、いろいろだな」

「そうか」

「お前もだろ」

「うん」

もう校舎にもグラウンドにも、サヨナラだもんね。あたしは目の前で交差されている瞬の腕を自分の両腕で抱きしめ、そこに顔を埋めた。

「好きだよ瞬。大好き」

「俺もだよ」

「俺もだよ、は、不合格だよ」

そこであたしの気持ちに応えてくれるかのように、身体を抱く腕の力が強くなった。

「俺も好き。夏林が大好き」

別れたくない。大学より瞬のそばにいたい。獣医になれなくてもいい。未来なんかなくてもいいよ。

否定的な本心を、口に出しちゃいけない〝若さ〟ってなんだろう。

3　季節の終わり、きみが香る

次の日は、雨だった。冬の雨みたいに身体に滲み込むような寒さはもうない、春の雨。菜種梅雨になるのかな。

今日はうちの高校は、在校生の希望者を募って行っている春のホームステイの保護者説明会のため、三年生は自宅待機日だった。一、二年生は普通に授業をやっている。ほとんどこない三年生の教室が、その会場にあてられるらしい。

瞬も今日はサッカー部のほうで、送別会があるらしく、病院へは遅く帰ってくるという。

部活をしていない寄松くんは早く帰ってくるから、――と言っても、彼はふだんでも気分で早く帰ってきちゃうみたいだけど――あたしは時間をくり上げて家庭教師をしに行くことにした。

昨日寄松くんの家に連絡してみたら、午後の二時頃なら大丈夫ということで、その時間に行くことに決まった。青葉西も卒業の準備の時期だ。下級生もバタバタで早いのかな。

セーターにスキニーのジーンズ。その上から水色パステルのコートを着て、外に出て傘を開く。早いお昼を一人で食べた十二時過ぎだった。

まず図書館だ。瞬は今日、すごく遅くなるのかな。寄松くんの家庭教師が終わってからも、まだ病院には戻っていないのかな。

階段を上がって、正面にある、貸出カウンターの外側に、やっぱり古迫はいた。近くに行く気にはならないけど、顔を上げた彼と目が合ったから普通に頭をさげた。

古迫も、昨日の偉い人のお説教が効いたのか、あたしをからかうことに飽きたのか、会釈を返しただけだった。

あたしの中で、古迫は、絶対にあのノートの主ではないと、もう確信があった。萌南は将来、刑事にも探偵にもなれないな、と思いながら、閲覧席に先に行く。

そこで場所を確保してから、動物コーナーに向かった。

こう毎日、返信があったり、それがなくても読んだ形跡があるというのはかなりすごいことだ。その人も毎日あの動物コーナーの本を、手に取っている。

今、もしあたしに時間があるなら、誰があの本を書棚から抜き取るのか、ずっと見張っているということもできたかもしれない。でも、あたしは一秒でも長く瞬に会いたいし、卒業したら、別々の進路になることが決まっている友だちにも会いたい。

一日中、あそこの書棚に張りついているわけにはいかないのだ。

じゃあ、他の誰かに頼むか、という選択肢も、自分の中ではナシだった。萌南にすら、あの本の名前は言っていない。ミルクの迷子の時にあたしが頼った本だとはわかっちゃったと思うけど、書棚の場所すら言っていない。なぜだろう。書棚の場所も本の題名も、もう誰にも言う気になれない。

あたしは、あのノートを書いている人を、信頼しはじめている。

今日は、あたしから報告することがなかったから、返事がきているかな、とその場で本に挟んであるノートを取って、中身を確認する。

「うわ。きてる」

あたしが書いた箇所、確か、こんなような内容だった。

【原因は、外国に嫁いだお姉さんでした。母親がわりだったそうです。その人からの手紙が毎日のように届いているらしいのですが、彼はそれを読んでくれません。読んでくれさえすれば、状況が変わるかもしれないほど、内容の濃い手紙らしいです】

それから、はずかしげもなく、こんな感じのことも。

【自分の彼氏が好きすぎます、どうしたらいいでしょう】

今度は、あたしの文章が長すぎて、消すのが面倒だったのか、そのページが一枚そっくり破られていた。破られた次のページに、やっぱりプリントアウトした明朝体が貼られていた。

「あーあ、自分の彼氏が好きすぎる、とかこの人なんて返答すればいいんだろうねー」

仮にほんとに心理学に強いカウンセラーだったとしても、これはないわ、と思われただろうな。

なんだか今度はノート主さんも、長い返事だったから、読むでもなく、漫然とそんなことを考えてしまった。

席に戻ってゆっくり読んでお返事しよう。あたしは、本とノートを手に、閲覧席に戻った。

席につき、ノートを机の上に開く。


【どうにか、原因をさぐることが解決への糸口です】

そうだよな、と思う。これは、お姉さんの手紙のことを知らせる前に書いた手紙、【心あたりは、あります。はっきりさせるよう、努力してみます】への返答だ。そのすぐ下に別の紙が貼ってあって、それがすごく長いんだ。今回のあたしの手紙、原因がお姉さんだとわかって手紙がきていることを知らせた内容への返信だ。

【先に進む方法がみつかりましたね。手紙さえ読んでくれれば、彼の心の中でなにかしらの進展はあるはずです。

やみくもに勧めても難しそうですね。ただ、彼は絶対に、その手紙が気になって仕方がないはずです。必ず、日常の中に読ませるタイミングはあるはずです。そのタイミングがきたときに、背中を押しましょう】

「はぁー。さすがに難しい注文だな、これは」

だって、あたしは寄松くんと、彼のお姉さんの手紙の話をしたことがない。寄松くんは、そんなことを打ち明けてくれるほど、あたしに心を許していない。

このノート主さん、あたしが本人から聞いたと思っているかな。あたし、お母さんから聞きだした、っていう説明を省いちゃったかもしれないな。

必ず日常の中で読ませるタイミングがあるはず、って。そんなタイミングはどう考えてもないよ。タイミングがきた時に背中を押す——。

「どうしよ。どう考えてもタイミングがこないよ」

お姉さんから大量の手紙がきている事実を、あたしが知っているということを、寄松くんは知らない。そのことを、ノート主さんに今度はちゃんと説明しなきゃ。

あたしは、ノートの左ページに貼ってあったプリントアウトの紙を、剝がそうとした。

万が一、誰かにこのノートが見つかっても、最低限の会話しか残していない状態にしてある。

それでもお互いけっこう詳しいことを書いてしまっているから、見つかるのはまずいよな。

「うっわ、完全にくっついてるよ」

今回はたくさん書いてあるから、貼ってある紙自体も大きい。剝がしにくいから、ノート主さんみたいに破いちゃうか。

そう思って、ページをぺらりとめくった。

「え……」

そこに、もう一枚、紙が貼られていた。一枚ページを破っても、きちんとそのプリントアウトの紙は残るように、ノートの右側に貼ってある。どうせ両方とも剝がすか、ページを破るかするのに、くっつけて貼っていないのは、全く関係のない案件だからなのかな。

【彼氏のどこがそんなに好きなのですか？】

うわー……と心の中で赤面(せきめん)する。これって、あたしが瞬に対してめちゃくちゃ感傷的になってしまって書いた、【自分の彼氏が好きすぎます、どうしたらいいでしょう】に対する返事だ。今までそつなく返答してくれていたのに、いきなり疑問で返してきたよ。なんて恥ずかしいことしちゃったんだろう。

うわーうわーうわー、と頭の中で叫びながらも、先に寄松くんについての相談だな、と冷静に考えるあたしは、なかなかあっぱれなコだ。

あたしは、ノート主さんがプリントアウトした手紙を貼ってくれたページ二枚を、一枚ずつ、中心の留め具で綴(と)じてある部分から丁寧(ていねい)に裂いた。それからシャーペンを持って、次のページに書き始める。

【彼はあたしが、お姉さんの手紙のことを知っているとは夢にも思っていません。彼のほうから手紙のことを話してくれることがなさそうなので、背中を押してあげる機会に恵まれそうにありません】

ほんとに、手紙さえ読んでくれれば、少なくとも彼の中で確実に何かは変わるはずだ。

ノート主さんが言うように、そんなに大好きなお姉さんからの手紙が、気にならないわけがないのだ。


「こっちも気になるけどね」

破いて机の上に置いてあるノートのページを眺める。

【彼氏のどこがそんなに好きなのですか?】

どこって、もう全部だよ。すべてです、とでも書いておこうかな……。

でもあたしの手にしたシャーペンは、そういう曖昧な表現方法を望んでいないみたいだよな。ページの上を流れるようによどみなく、シャーペンの先はすべりはじめる。

①明るいところ
②優しいところ
③精神的に強いところ
④友だちを大切にするところ

⑤ 破天荒（はてんこう）なところ
⑥ マイペースなところ
⑦ 純真でまっすぐなところ
⑧ 安心するいい匂（にお）いがするところ
⑨ 顔
⑩ かっこいいところ
⑪ サッカーが上手（うま）いところ
⑫ 運動神経がいいところ
⑬ 数学ができるところ
⑭ 英語が中一レベルなところ
⑮ 声が甘くてかすれているところ
⑯ 泣き顔がかわいい
⑰ 髪の毛が意外にコシが強くて将来ハゲる可能性が少なそう
⑱ 字がへたすぎ
⑲ 漢字が読めなさすぎる
⑳ やることがバカすぎてまわりがつかれる

いくらでも好きなところなんて書けちゃう。

瞬。もうすぐ別れなくちゃいけないあたしの、あたしの大好きな人。

気づけば罫線を無視して大きめの字で書いた箇条書きは、三百くらいまでいっていて、新しいノートの半分が埋まってしまっていた。

そのまま、あたしは、午後の物理の授業でよくそうしちゃったように、机に、顔を横に向けてつっぷした。

物理の相沢先生、ゆるかったからな。一年、二年で、もっとちゃんと授業を聞いておけば、受験であんなに苦労することがなくてすんだのに。

あたしはそのままとろとろと、目を閉じようとした。まぶたの裏側に、あたしがさっきまで、瞬のどこが好きなのかを箇条書きにしていたノートと、そこから自分で破りとった二枚の紙が、残像のようにかすんで映る。

この人、けっこうひどいよな。もうすぐ別れる彼氏のどこが好きかだなんて聞いてきて、あたしにそれを確認させてどうしようっていうんだろう。ああ、でも仕方がないのか……。この人に、あたし、もうすぐ彼氏と別れるんです、なんて書いてないもんな。でもひどい。やっぱりすごくひどい。この人、ひどい……。

涙が、半分閉じかけた目から静かにあふれて頬を伝い、耳の中に入った。

今度こそ、目を閉じる。ノートと、今、自分でそこから破りとったノート主さんの返事を貼ってある二枚の紙の残像を残したまま……。二枚の紙の——。

あたしは一度閉じた目を、ゆっくりと開いた。むくっと起き上がると、薬指と小指を鼻の横から外側に向かって動かし、頬の水分をぬぐった。目の前にある、自分がノートから破りとった二枚の紙を手に取って眺める。

どうして一度にプリントアウトしていないのかな。内容がまったく違うから、三枚に分けたの？　でも一枚目の返答と二枚目の返答は、両方とも寄松くんのお姉さんに関するものので、同じページに貼ってある。

それでもやっぱり、ひとつの質問に対して、ひとつの解答、と決めて一回一回、別々にプリントアウトしているの？　一緒にプリントアウトして、ハサミで切っているんだろうか？

……違うな。昨日、あたしが手紙の件を知った時、気が急(せ)いて、午前中の高校に行く前の時間に返事を書きに来た。その時、プリントアウトした新しい紙は貼られていなかったけど、古いほうの紙は剝がされていた。

つまりその時は、見ただけだった、ということだ。見てから、なるべく会話を残さないように、プリントアウトの紙を剝がした。【保健室登校の原因は何でしょう、それを突き止めることが肝心(かんじん)】という内容の手紙を剝がした。

それから、どこかで、【心あたりはあります。はっきりさせるよう努力します】というあたしの書き込みへの返事をプリントアウトしてきた。それを貼るために来たら、続けざまに、あたしからの返事が書いてあった。お姉さんの手紙の存在のことを知らせた内容だ。

それを、読んだ。それから自分のプリントアウトしてきた紙を貼って戻り、もう一度、お姉さんの手紙、という情報に対しての返答と、あたしがそのこととともに書いた、〝彼氏のことが好きすぎてどうしたらいいかわからない〟という手紙の返答を、一緒に持ってきた。

短い時間にこの人は、わざわざあたしに返事をするために、二度、このノートを手にしている。


「奇特(きとく)な人がいるもんだな」

確かに萌南が言うように、ここの図書館に常時いる人か、よっぽど、時間に制約のない人じゃないと無理だ。千春(ちはる)からは司書だと最初から言われてはいたけどね。

あたしは、コートのポケットから、この間、書棚の下で拾ったメモ書きの切れっぱしを取り出した。きれいな数字とローマ字の羅列(られつ)。破いてあるから、わからないけど、たぶん、何か意味のあるものの一部だ。

見覚えのある字に視線を落とし、あたしは深く考え込んだ。

◇

図書館のあとの午後二時、約束通り寄松くんの家に家庭教師のために行った時、なぜか彼は、どこか落ち着かないように見えた。

何度か、何かあったの？　と聞いてみたけど、いや、なんでもないです、と答えるばかり。

寄松くんはけっこう地頭（じあたま）のいい子らしく、高校一年生の数学でも、もうかなり難しい内容をやっている。授業に出ていないから全く何もしていないんだろうと思っていたけど、自主的にある程度の勉強はしていたんだな。

「この問題、ぜんぜんわかんないっす」

宿題に出した数学の問題集の一番下の図形を彼は指さした。

「ん？」

ほんとだ、難しい。受験が終わったばかりだというのに、難しい、とか言っている場合じゃないけど。

「ちょっと解答見せてくれる？」

「はい。えーと、俺も気になったんで、解答見ちゃったんですよ。でもなんか途中の式がはしょってあるっていうか。こう逐一、丁寧に書いてあるわけじゃないんすよね」

「ほー」

ほんとだ。わかりにくいな、これ。

「えーと、ごめん。これ、あたしのほうの宿題にしてもいいかな？　たぶんこういう解き方だと思うんだけど、ちゃんと説明できるように、ちょっともう一度復習させて？　あたしもこれ、苦手なんだ」

「藤谷さんでも、苦手なことってあるんですねー」

「あるよ。あたし、頭の構造は完全に文系だよ。たまたまなりたい職業が理系だったからさ。仕方なく理系の勉強をしてるの」

「えらいっすよね。動物が好きだから獣医になりたい、とか」

「いやいやいや。まだなれるとは限らないしね」

あたしは寄松くんがわかるところまでやったという宿題のノートを、さりげなく、だけど脳細胞に刷り込むように見つめた。

そこで休憩時間になり、寄松くんのお母さんが紅茶と焼き菓子の乗ったトレイを持って入ってきた。紅茶のカップは華やかなバラの花が描かれていて、繊細な流線型の持ち手の部分には金の箔押しが施されている豪華なものだ。多分に趣味が母親年代。

寄松くんのお母さんは机の後ろのローテーブルの上にトレイを置く。

「お疲れ様です。夏林先生。休憩して、お茶飲んでね」

「はい。ありがとうございます」

あたしと寄松くんは、椅子から降りて、後ろにあるローテーブルに移った。

しばらく二人で無言で紅茶を飲んでいた。その間も寄松くんは何かをしきりに気にしていて落ち着きがない。見ようによってはおびえているようにさえ感じる。

「ねぇ、寄松くん。なんだか今日、おかしいよ？　何かあったんじゃないの？　無理にとは言わないけど、誰かに話しちゃったほうが楽になるかもよ？」

「えーと……」

「カツアゲでもされてるの？　万引きしてこいとか誰かに強要された？」

「……そんなこと、優雅に両手で紅茶のカップ持ったまま言わないでくださいよ」

あたしは紅茶のカップをテーブルに置いて、崩していた両膝(ひざ)を正座の形に直して背筋を伸ばした。

「寄松くん、あたし、ミルクを寄松くんに助けてもらって、すごく恩を感じてるの、知ってるよね？　できることなら力になるよ？」

「……そうですか、あの」

保健室登校、なんて内向的なイメージとは裏腹に、寄松くんはきちんと自分の意見が主張できる子だ。こんなに落ち着きのないおどおどした様子の彼を見るのは初めてだった。

「何？　内緒にしなくちゃいけないこと？」

「できれば」

「言わないよ。約束する。誰にも言わない」

「これ、なんです」

寄松くんは、あたしの目の前に、携帯のメール画面を表示してみせた。

「なにこれ？　やっだー、こんなの高校生にもなって信じるっておかしいよ。変なチェーンメールの一種でしょ」

「いや、俺だって読むまでは……。だけどこれ」

Ｓｕｂのところにだけさっと目を通してから、あたしは寄松くんに視線を戻した。

「いいの？　読んで？」

「はい」

あたしは寄松くんから携帯を受け取った。題名は〝狐の憑依メール〟。もう、いかにもバカバカしい。

〝汝、小山のごとき読むべき文を持つ。これより正確に三日以内にすべて読まざれば、文送りし女、狐に憑依されたる者に襲われるものなり。他言許、一人〟

「え……」

　あたしは寄松くんの携帯を持ったまま、動くこともできなくなった。

「ついさっきなんですよ、送られてきたの。覚えの全くないアドレスなんですよ。最近ラインが多いからメールって珍しいし」

「そ、そうなんだ」

「俺だってこんなメール、信じてるわけじゃないし。携帯持ったばっかかの頃は変なチェーンメールとか流行(はや)ったし」

「……でも、これチェーンメールじゃないみたいだよね。何人に回せとか、拡散しろ、とかそういうこと、書いてないし」

「そうなんですよ」

　あたしの視線は、携帯の文章の中の〝小山のごとき文〟というところに、釘づけだった。これを、どう解釈すればいいんだろう。

「えーと、その、こここころあたりとか」

　そこで寄松くんは、何度も小刻みに息を吸い込むような、おかしな深呼吸をした。

「やっぱ、さすがの藤谷さんでもビビりますよね」

「う、うん……うん、そうだね」

「実は、けっこうこれ、変なとこに信憑性があるっていうか」

「え？」

「ある人が、ほんと、すげぇタイミングなんですけど、昨日の帰りがけ、たまたま俺に話したことがあって……」

「なんて？」

「その人、交通事故で大けがしたんですよ。生きるか死ぬかの瀬戸際までいったような事故だったらしくて。その理由が、えーと、喧嘩してた昔の親友？　小学校の頃の親友のところにこの〝狐の憑依メール〟がきたんだとか言ってました」

「小学校か。長いつき合いの親友なんだね」

「みたいですね。で、けがしたその人と親友は、お互い意地の張り合いで、疎遠になっていた。その人のほうは何度か親友に仲直りのアプローチはしたらしいんですよ。自分の気持ちを説明して理解してもらおうと。詳しくは何があったのか知りませんけど」

「そうなんだ」

「でもその親友は受けいれてくれなかった。そしたら、その親友のほうに、〝狐の憑依メール〟がきたらしいです。三日以内に仲たがいをしている親友に連絡を取れ？　みたいな内容の」

「う、うん」

「そのけがした人の親友、三日以内に連絡を、と、と、取らなかった、って」

「どうしてそれはわかったの？」

「さすがに、三日すぎてから、そのメールをもらった人、メールの内容が、自分と親友しか知らないことだったのもあって、ただのいたずらにしちゃ、手が込み過ぎてる、みたいに心配になったらしくて、人づてに聞いたかなんかで、親友、俺の知り合いの人ですけど、の、事故を知ったらしいです。そこでやっと謝ってきたって。罪悪感に耐えかねたんだろうな、って知り合いは言ってました」

「そうかもね。寄松くんの知り合いに何があったんだろうね？」

「な、なんか？　ある日、その人が横断歩道歩いてたら、いき、いき、いきなり真っ暗になって自分は仰向けに倒れてたって言うんですよ。かなしばりで動けなかったら、自分の上に、狐に憑依された、か、か、髪の長い白い服の女が乗って、両手で首絞めてきたって」

「………」

「それで気がついたら車に跳ね飛ばされてたそうです」

「………」

「ふ、藤谷さん、大丈夫ですか？　目がすごい寄り目んなって……。眉間に超深い縦じわが。歯ぎしりまでし、してるし。なんかいきなり形相がすげぇ……。え、この話さすがにうさん臭すぎですか？　でもほんとなんです」

「いいよ、続けて」

「いや、俺だってその場では、そんなことねーって笑い飛ばしたんだけど、ほんと、冗談かと思って。いつもバカなことばっか言ってる人なんで」

「うん」

「だけどその人現に、ずっと大けがしてるし。この、メールの最後の、『他言許、一人』って、一人には言ってもいいって意味ですよね？　だから言っちゃうと、その、それで、俺にきたこのメール、その……たぶん」

「思い当たることがあるんだね？」

「……はい。……誰にも言ったことないことが、書いてあって不気味……」

「実はね、あたしの友だちのとこにもきたことがあるんだ。この狐の憑依メール」

「えっ……」

「って話をあたしも今、自分で作ってしまおうと思った。でもダメだなー。ぱっとは思い浮かばないや」

「何言ってるんですか。こんな時に作り話なんて」

「うん、そうだね。でも、違うことをだんだん思い出してきたよ。これはほんとの話だよ。昔読んだ童話かなんかの内容なんだけどね」

「はぁ」

「たぶん、寄松くんにはその〝小山のごとき文〟っていうのがすごく心にひっかかってるんだよね？　そういうのが本当にあるんでしょ？」

「……藤谷さん、何の本を思い出したんですか」

「はっきりとは覚えてないんだけどね。パリに国立の美術学校があるの。三百五十年も歴史があって、世界で一番レベルが高いって言われてる美術学校だよ」

「はい」

「そこの美術学校は入学の年齢制限があるのね、十八から二十四までしか受験資格がないの」

「うん」

「昔の話なんだけど、どうしてもどうしても、そこの学校に入りたかった主人公は、父親と仲たがいをして田舎を飛び出すの。そして毎年受験しては落ち、受験しては落ちして、とうとう年齢制限ぎりぎりの二十四になっちゃったの。今年、落ちればもう終わり、の状態だね」

「はい」

「そこは作品審査が入学試験なんだけど、作品をアトリエ、塾みたいなものだと思うけど、そこで描いてたら、提出期限の二、三日前にひょろひょろの資格年齢になったばかりの十八の男が、アトリエに入塾して、国立美術学校を目指したい、って言ってきたの。自分が何年もがんばってきたのに、なんだ、って思うよね」

「はい」

「でもその十八の男はものすごく絵がうまかったの。牧歌的で穏やかな風景画を描くんだけど、自分の描くパリの廃退した風景画とは歴然とした差だ、と二十四の男は感じるの。この若い男なら、入学なんて簡単だと二十四の男は思うのよ」

「そう」

「提出期限の朝ね、その十八の男は二十四の男のほうの絵に、自分のサインを入れちゃうの」

「は?」

「十八の男は二十四の男に言うの。自分は胸の病気を患っていて、もう先がないんだ。まず来月までは生きられない。俺のかわりに国立美術学校に行ってくれ、お前はこっちの絵にサインをしろ、って」

「え、それで?」

「そこで十八の男はバタリと倒れちゃったから、二十四の男はおどろいて、他の部屋に人を呼びに行くのよ。でもなぜかその日に限って誰もいないの。戻ってみたら、もう十八の男は部屋にいない。外に出ても往来には誰もいなかったのよ」

「えっ」

「アトリエに残ったのは十八の男が描いたサインの入っていない牧歌的な絵と、十八の男のサインが入った自分の描いたパリの絵。どうしても国立美術学校に行きたくて今年がラストチャンスだった二十四の男は、悩んだ末、すごくうまい十八の男の絵にサインを入れちゃうの。それから一人で提出しに行った」

「それでどうなったんですか？　それ、替え玉受験ですよね」

「二十四の男は最後の年に国立美術学校に受かった。でも良心の呵責（かしやく）に耐えかねて、学校にそのことを打ちあけに行くのよ。本当に入学するべきは、自分ではありません、と十八の男の名前を言ってね」

「ああ……」

「でも、十八の男の名前は受験名簿になかった」

「え？」

「アトリエのどこを探しても、自分が描いて、十八の男がサインを入れたはずのパリの絵がなかった。他の仲間もそんな男はいなかったって言うのよ」

「え？　じゃあ、その牧歌的な絵は誰が描いたんですかね。その十八の男がいなかった、ってことになると」

「描いたのは二十四の男、本人だったんだよ。自分の絵の具を調べてみたらいつもは黒やグレーがすごく減ってるのに、そのへんは残ってて、減ってたのは緑や黄色。黄色い花が咲くんだって。男のふるさとは。絵筆についてる色も緑」

「ふるさと？」

「牧歌的な絵はね、その二十四の男のふるさとだったの。十八で、来月まで生きられない、って言ってた男は、けんか別れした自分の父親だと、その二十四の男は気づくの」

「…………」

「ふるさとを出て何年もたってから、自分の原点や、自分を一番大事に思うのは誰なのかを、その男はいつしか気づき始めてたの。父親を退（しりぞ）けた自分への嫌悪感が底の方でずっとくすぶってた。でも一度飛び出してしまった男は素直になれなかった」

「…………」

「本当の願望がそういう形で出てきたのよ。来月までしか生きられない、と言っていた十八の男、父親だけど、その臨終（りんじゅう）の時に男はすんでのところで間に合ったの」

「…………」

「生意気でごめんね。その狐の憑依メール、寄松くんの潜在意識から出てきたものなんじゃないのかな」

「な！　なに言ってんですか？　だってその憑依メールで現に大けがしてる先輩がいるのに」

「ほんとに実在する人なのかな、その先輩、って。話の中の十八の男みたいに、寄松くんの大事な人が何かを伝えにきたのかもよ？　……先輩なんだね、知り合いって」

「はぁー？　そりゃもちろんでしょ。いくらなんだってそんな！　毎日いるし！」

「世の中、きっと理屈では説明できないものがあるんだよ。その先輩は、親友にきた憑依メールで、実際に生死をさまようような大けがしたわけでしょ？」

「……そうですね」

「その寄松くんの先輩、死んじゃわなくてよかったね」

「…………」

「寄松くんの大事な人は、そんな目にあわなければいいな」

「…………」

「あたし、今日はもう失礼しようかな。寄松くん、勉強どころじゃないよね？　小山のごとき文、っていうのがどのくらいあるのかわからないけど、たくさんあるんでしょ？」

「……みたいです」

「三日以内に読まなくちゃならないって大変だもんね」

「…………」

　寄松くんは放心して、生気のない目で一点を凝視（ぎょうし）していた。

　あたしは軽く深呼吸して、目の前の紅茶を少し飲んだ。短い時間にきりきりとめまぐるしく頭を使ったら、疲れちゃったよ。それから黙ったままの寄松くんに、また、静かに声をかけた。

「寄松くんさ、図書館、嫌いだって言ってたのに、あたし、図書館の建物で、寄松くんのことを見かけたことあるよ。その時はたまたまあたし、自転車じゃなくてさ。遠巻きに、あー、寄松くんだな、って思っただけだから、追いかけられなかったんだけどさ」

「いや、図書館には……」

「うん。図書館の建物に用事があったんだよね。あの建物に語学サークルが入ってるもんね。この間、ちょっと覗いたら……ううん、いいや」

　あたしは持ってきたバッグと水色のコートを持って立ち上がった。

「藤谷さん」

「数学のさっきの問題さ、家であたしも考えてくるね。もう数学苦手で大学に入ったらどうしようと思うよ。今まではあたしにも、数学だけはまあまあ優秀な家庭教師がいたんだけどさ。大学に入ったらもうその人はいないからさ」

「え？」

「生きてる間ならさ、遠く離れても会えるじゃない。でも、遠く離れても会える関係でいられるって、一種の奇跡だと思うんだよね、って超生意気だね。寄松くんと二つしか違わないのにさ」

「ですよね。藤谷さん、子供っぽかったりわりとしっかりしてたり、よくわかんない人で

「……。でも、なんか今みたいにたまにズシってくること言うし」

「そうかな、がんばってね。後悔しない選択をしてほしいな」

「玄関まで、送ります」

「うん」

寄松くんはよろよろと立ち上がった。


あたしは寄松家の大きな門を通り、外に出てから、道路の縁石(えんせき)を思いっきり蹴(け)った。

「なんだよ、その狐の憑依って!! 髪の長い女が上に乗って首絞めるとか、やめてっていうのー!!」

それからバッグと傘を幼稚園児みたいに大きく振って、雨の上がった光るアスファルトの上を歩き出した。あつい雲の間から顔を見せた太陽が、緑の葉のふちをなぞるようにしたたる水滴に、クリアな輝きをあたえている。

世界はきれい。大切な人のいる世界はこんなにきれいだ。


ノート主さん、あたし、うまく背中が押せたかな。

気づけば三月も少し過ぎ、公立高校にしては遅い青葉西高校の卒業式は二日後だった。

あたしの通う恵が丘女子のほうがさらにあとだ。

「これからまっすぐ図書館です！」


図書館に入る前、瞬からラインが届いた。

〝今日、明日、送別会の他にも、卒業式の予行演習とかですごい遅くなる。病院こなくていいよ。また連絡する〟

両方の親指をグー！　と立てているラインキャラクターのスタンプだけを送信した。


建物の入り口から中に入り、二階の図書館に続く幅広階段に向かうまでにいくつかの扉の前を通る。

語学サークルに、音楽や踊りのサークル。サークル名の下に、英語、日本語と何か知らない国の言語が書いてある。変わった踊りだと思っていたのはサンバやクエッカだと知った。クエッカはチリの踊りだ。

ここは、南米、中でもチリとアルゼンチンの人や、その国に興味がある人たちが、交流している場所だと知った。

言語サークルで扱っている言葉は、英語、スペイン語、ポルトガル語、フランス語、オランダ語。そこだけがわかりやすく書いてある。ヨーロッパ圏の言語だから、ヨーロッパの人の集まるサークルなのかと思っていたけど、これらの言語、特にスペイン語は南米で広く使われる言葉なのだ。

あたしは図書館に行くのに、ほぼ毎日前を通るこの扉に全く興味がなく、漠然と、ヨーロッパに関心がある人たちの集まりなんだと思っていた。

そうじゃないと、なんとなく気づき始めたのは、やっぱり、寄松くんのお姉さんがチリの首都のサンティアゴにいると知ってからだったんだろう。

一度、古迫さんに壁ドンされたあと、かくまってもらえないかと覗いたら、大歓迎されてひくにひけなくなり、おとなしく丁寧な説明をきくはめになった。チリやアルゼンチンで、人々がどんな暮らしをしているのかが、詳しく紹介されたＤＶＤや資料がたくさんある。

誰が触ったかわからない本はノーウエルカムの寄松くんは、こっちに用事があったんだ、とその時に知った。ここだってたくさんの人が触る本や資料が満載なのにね。

幅広階段を上り、正面の貸出カウンターの前まで来る。古迫さんはまだ真面目に働いている。大学生って案外ヒマなんだな。夏休みだけじゃなく、春休みも冬休みもやたらと長いと聞いたよ。

「古迫さん、こんにちはー」

　本日二度目の古迫さんに、今度は自分から声をかけた。

「あー、藤谷さん」

　ちょっとバツが悪そうにあたしを見る古迫さん。

　わざわざ閲覧席のほうをまわらないで、直接貸出カウンターの横を抜けて、動物コーナーにある書棚に向かおうとした。当然、古迫さんの近くは通ることになる。

「古迫さん、けっこう女の子に人気だってあたしの友だちが言ってたけど、だれかれ構わず壁ドンは人気下がりますよ」

「別にだれかれ構わず、ってほどじゃないよ」

「ふぅん、ちょっとは選んでたわけなんですね」

「ちょっとはね。藤谷さん、受験期からかわいい子だな、と思ってたのは事実だからさ」

「かわいい子だと思ってる子は何人くらいいるんですか?」

「今は十人くらい」

　あまりの正直さにぷぷぷっと笑いがこぼれる。最近は草食男子を通り越して、絶食男子までいるらしいのに、これはある意味、貴重な人材なのかもね。あたしはノーサンキューだけどさ。

「古迫さん、あたしの趣味ってなんだか知ってます？　見ててわかります？」

「えー？」

「木登り。廃棄(はいき)家電のやまをよじ登って堤防から海を見ること。校門も登っちゃいますよ。パニックするとかなり凶暴らしいです」

「へぇー……」

目が若干(じゃっかん)ひいています、古迫さん。あたしじゃなくてもイケメンのあなたならもっとお似合いの人はいますよ。でも誠実じゃないと友だちにだって紹介できないもんなんですよ。世間では、友情は男子の専売特許みたいに扱われているけど、女子にとっても友情は宝です。

「お仕事がんばってくださーい」

手を振ると、あたしは目指す書棚に向かって歩き出した。

きれいな景色を見るためなら登ることが好きでもいいよ、むしろ一緒にやっちゃうよ、っていう人があたしはいいんです。人の好みはいろいろなんでーす。

なんとなく背後からの視線を感じながらも軽快に歩き、一番奥の書棚に到着した。

今日もちんまり、あたりまえのように同じ場所に納まっている、すっかり手になじんだ『犬、猫、鳥の知っておきたい習性１００』の一番後ろのページを開く。

「あったあった」

今はお呼びではない本はまず書棚に戻す。それからくだんのノートを開いてみる。

「……おおおっ」

返事のプリントアウトの紙は貼っていなかったけど、あたしが書いた返事のページは全部破られていた。

【彼はあたしが、お姉さんの手紙のことを知っていることを知らない、ので、背中を押してあげる機会に恵まれそうにない】という内容だったと思う。

それから、彼氏のどこが好きか、という質問にあたしが答えた三百くらいの解答。ノートの約半分だ。

それが、わりと無理にひきちぎったように全部なかった。留め具の部分が開くように変形している。

まさか、こんなにたくさん返事が書かれると思っていなかったんだろうから、ハサミもカッターも持っていなくて、仕方なく強引に手で破ったんだろう。それでもページが途中でちぎれていることはなくて、全部、完璧に、まるまるなくなっている。強引とはいえ、何ページかずつ、丁寧にはぎ取ってくれたのかな。

あたしはもう一度書棚からノートが挟まっていた本を取り出し、一緒に閲覧席に持っていった。返事はまだきてないけど、返事をかいておこう。

窓が正面の閲覧席に座る。今日も人は少ない。

バッグを椅子の背もたれにかけ、それを隠すように上から脱いでたたんだコートをかぶせてかけた。

あたしはペンケースからシャーペンを取り出すと、さらさらと書き始めた。

【タイミングがきたみたいだったので、背中を押しました。うまくできているかどうかはわからないけど】

そういえば。

「数学の問題、わからないのがあるって寄松くん、言ってたよな」

ふふふー、と自然に口元に笑みが浮かんでいることに自分で気づき、人が見たらあやしすぎだな、と思った。

そのまま、あたしはノートにシャーペンを走らせる。

【数学の問題、教えてください】

えーと、確か……。

【初項(しょこう)を$a_0 \geqq 0$とし、以下の漸化式(ぜんかしき)で定まる数列$\{a_n\}_{n=0,1,\ldots}$を考える】

「このあとは……」

あたしは思い出しながら問題をノートに書いていった。シャーペンをふと止めて、正面の窓から入る傾きかけた陽(ひ)の光に目を細める。

こういう数列を、なつかしいなんてまだ感じたくないな。そうして、面倒な長い問題をどうにか書き終えた。

この記号とまだまだおつき合いだなんて、この記号が息抜きだ、とかふざけたことを抜かしている人と、そこだけ代わってほしいよ。

「しかしここの席ってほんと眠くなるよねー」

なんて居心地がいいんだろう。受験の直前、この閲覧席でガリガリガリガリ勉強していた時、まわりも受験生だらけで、もう勉強オーラの熱気が半端(はんぱ)じゃなかった。閲覧席には人があふれ、机につっぷして寝るなら席を代われよ、というムードだったんだ。

あれから一か月もたっていないのに、この人がひけたのどかさはなんだろう。同じ場所だとは思えないほど空気がやわらかいよ。

大学に入ってもここに来るかな。

私立には受かっているけど、本命の国立の発表はまだで、そこに受からなければあたしは獣医にはなれない。動物のお医者さんになるにも人間のお医者さんになるのと同じで、大学に通う期間は六年だ。そして、獣医学科も医学部と同じように費用は高いのだ。

三人兄弟の長女であるあたしは、あたし一人のために親にそこまでお金を使わせるわけにいかない。私大の獣医学科に六年通うのは無理なのだ。

「受かっていますように……」

あたしは、今はむしろ歓迎されている気さえする、〝机の上に腕を組んで乗せ、そこにつっぷす〟をやってみる。いい気持ち。

全部の問題はきっと解決した。寄松くんとお姉さんの絡まっていた糸はきっと解ける。だってもったいないじゃない。人間、どんなお金持ちでも、生きる時間に限界がある。時間は限られているんだ。それなのに、長いこと、大好きな人と仲たがいをしたままだなんて……。

遠く、遠く離れても、あたりまえのように会える権利はきっとあたりまえじゃないんだよ。

大事にしなくちゃいけないんだよ……。

寄松くんはミルクの命の恩人……。どこの猫だかわからない、ほうっておいてもいいコを、わざわざ木に登って助けてくれて……。エサを買いにいってくれて……。それで……。

眠い……。

すごくいい夢が見られそうな気がして、あたしはもう、瞼の重みにあらがうことをやめた。

今日は、瞬のところに行く必要がなくなっちゃったから、急がなくてもいいの。

…………夢？　夢をみているのかな。こつこつと正確なリズムを刻む、ローファーみたいな靴音がして、それがあたしのすぐ近くで止まった。誰かがいるの？　夢の中で誰かがあたしに手を伸ばそうとしている。あたしの手が、少しだけかかったノートをゆっくり、慎重に引っ張られているような感じがするの。

夢だから、まぁいいか。だってすごくすごく眠いんだもん。三月の外の空気は冷たかったり暖かかったり、安定しない。今日は昼すぎまで雨も降っていたし、春めいてきたとはいえ、肌寒かったんだよ。

でもここはガラスが冷気を遮って、優しい陽の光だけを注いでくれる。気持ちが、いいんだもん……。

「んー……もしかして、あたしすごく寝てたんじゃないの？」

腕時計を見てみる。二時間もたっていた。

なんだかすごくいい夢をみたような気がするよ。クローバーを敷きつめた座り心地のいい春の野原、落ち着くのにかすかにドキドキもする、大好きな香りのするファンタジックな夢だった。

「あれ？」

起き上がったら、あたしの肩からなにかがするりと落ちた。

「コート？」

床に落ちたそれを拾う。

背もたれにかけてあったはずのコートに、寝ているあたしの身体と後ろのバッグがすっぽりと覆われていたみたい。肩にコートがかけられていた?

「えー……?」

誰がこんなことをしたの? お金、取られていないよね? あたしは後ろのバッグの中身を確認した。大丈夫。お財布も中のお金もカード類も、携帯もちゃんと入っていた。

「ちょっとなんか不気味じゃん」

机の上に向き直って、あたしはその場で、ぎゃあああ———!! と、あやうく叫びそうになった。

目の前に、ノートが、開いたままおいてあった。

さっきあたしが書いた、数列問題の答えと詳しい解説が、隣のページとその次のページにびっしりと書いてあったのだ。

そして、解答の最後には、シャーペンの走り書きがあった。


【明日の夜八時十分、あの書棚の前で待ってます】

「ここの図書館、八時までなんだけど」

　昼間、高校に行ってまた愛実(まなみ)たちとファストフードでご飯を食べながらしゃべってきた。三寒四温(さんかんしおん)の三月。今日は不気味に思えるほど、昼間、暖かくて、初めてコートなしで学校に行った。はしゃいで走るとブレザーもいらないほどの温度だった。

「全く何をやらせるんだよー」

　ノート主さんが八時十分という意味不明な時間を指定するから、一度帰宅し、晩ご飯を食べてから家を出る。

　夏林、こんな夕方からどこ行くのぉー、と追ってくるママの詮索(せんさく)の声に、友だちがどうしても話があるんだってー、と苦しい言い訳をして午後の六時半すぎに家を出た。

　平日は八時までの図書館に、七時少し前にそーっと入る。閉館ぎりぎりは、目立つと思って早めに家を出たんだけど、この時間でも閑散(かんさん)としていて、充分目立ってしまった。でも、ラッキーなことに、会話をするほどの顔見知り司書さんも、古迫さんもいなかった。

閉館まで何度もいたことがあるから、そこまでのシステムなら知っている。その後、司書さんたちが、いつまで働いているのか、とか、どこをどうやって帰るのか、とかは知らないけど。

八時十分という時間は充分職員が残っている時間だ。たぶん点検とか、業務の後片付けをしてから帰るんじゃないかと推測される。

古いこの図書館は、一階の一部を市民のサークルとして開放しているだけだから、図書館区域にガラス扉とかドアのようなものがあって、鍵をかけられるという仕様にはなっていない。図書館が休みの月曜日は建物自体がお休みだ。

あたしは、念のため、動物コーナーにある、『犬、猫、鳥の知っておきたい習性100』の本を取り出して、裏表紙と奥付(おくづけ)の間を確認した。

「そっか」

もう、そこにノートはなかった。

八時十分まで粘る。八時少し前には音楽がなって、もうすぐ終わりですよー、出てくださいー、とお知らせする方法を取っている。

わりとみんな時間に厳密で、受験生が多い時期でも、八時十分に一般の利用者はいないんじゃないかと思われる。

図書館にきて、ノートを確認し終えると、あたしは動物コーナーに近い、閲覧席にずっといた。この席は窓側から見ると、後ろから二番目で、貸出カウンターからは見えない。八時ぎりぎり、閲覧席を利用していた少ない人が全員、貸出カウンターの前を通る帰り道の階段へと移動してしまってから、あたしはいままで自分が座っていた机の下に潜り込んだ。

ほんとに全く何をやらせるんだ！　あたしは花も恥じらう十八の乙女だぞ。

とにかくあと十分。あと十分、見つからなければいい。バッグもコートも膝の上に抱え込んで、椅子を目の前までひき、自分の身体を隠す。ひたすら腕時計の秒針がチッチッチッと動くのを見つめる。

遠くの方で職員の人が歩き回る靴音がする。これ、見つかったら半端なく恥ずかしいんだけど、どんないいわけしよう。何かこう、妄想癖があって、追われている幻覚を見た、とかいうことにしようか……。

そうこうしているうちに、歩き回る靴音があたしのいる閲覧席に近づいてくる。心臓が、運動会の徒競走の前みたいな大きくて不気味な音をたてる。冷や汗まで出てきたよ。

ただありがたいことに、閲覧席のひとつひとつを詳細に確認しているわけじゃないみたい。忘れ物がないかな、くらいの軽い目の配り方だと思う。

よもや、十八歳女子が机の下に隠れていようとは、想定もしないで歩きまわっているんだろう。

無事、女性ものの低いヒールの靴があたしの前を通過し、もう一回りして、閲覧席と書棚群を隔(へだ)てている大きい通路から貸出カウンターのほうへ戻っていった。

時計を確認する。八時十一分。

あたしはバッグを肩にかけ、コートを抱えると、そーっと椅子を動かし、机の下からはい出た。

そこから、動物コーナーの書棚の前目指して一目散(いちもくさん)に走る。幸いなことに、書棚エリアは床が絨毯(じゅうたん)だ。靴音が響かない。

動物コーナーの書棚の前で、だぼっとしたカーキのパンツを履(は)いた二本足が確認できた。しっかり立っている。久しぶりに見るモッズコートの下は、白いTシャツで、羽織ったピンクのシャツが襟(えり)から覗いている。

いつもの小さめの鞄(かばん)を背負ったその人は、にやにやしながら、上に向けた手のひらを、自分の方に大きく返した。

早く来い、って……言ってる。

「瞬——!!」

　あたしはその筋肉質の体に、ぶつかるように思いっきり抱きついた。持っていた春色のパステルのコートがひるがえり、後ろに流れて視界から消えていく。

「行くぞ夏林、建物閉められる前に出ねーと」

「何言ってんのよ。横の窓から出るとか、またそういうバカなこと考えてんのかと思った」

「俺だってそこまで危ねー橋は渡んねぇよ。いくら建物が古いとか言っても、ここの中だって外だって、今時どうせ防犯カメラだらけだ。お前のいた席やあの書棚のへんは見た限りじゃないけどな。変な前科でもつけられたらシャレんなんねぇ」

「そっか」

　少しはこの人にも一般常識があるのか。

　瞬はあたしのコートを拾うと肩を抱くようにして、貸出カウンターの前の階段に急いだ。貸出カウンターにもう人はいなくて、その奥でまだ何人かが作業をしている。

　そのまま階段を降りようとした瞬とあたしに、後ろから女の人の声が飛んだ。

「あれっ？　まだ人がいたの？」

　うーわ、と思って振り向けないあたしに対して瞬は躊躇（ちゅうちょ）なく、そっちを向いて声をあげた。

「すいませーん。暖房気持ちよくて二人で眠りこけてたみたい」

「あらー、どこにいたの？　さっき全部見回りしたのに」

「普通に閲覧席に」

「……えっ。そう、おかしいわね」

腑に落ちない声音にあたしはそろそろと振り向き、その人の足元を見た。黒いローヒール。さっき見回りしていた人だ。

「そんじゃ帰りますね」

「あー、もしかしたら正面が閉まってるかも。そしたら、守衛室のほうから出てくれる？」

「はーい」

肩越しに瞬は司書さんにひらひらと手を振ると、軽快な足取りで階段を降り始めた。

幸いまだ正面が開いていて、あたしと瞬はなんなくそこから外に出た。

◇

外の道路は真っ暗。だいぶ陽が長くなったとはいえ、三月の、もう八時半近く。闇の濃さが立派に夜中だった。

「瞬、もう松葉杖なくていいの？　許可降りたの？」

「ああ、昨日な。まだこの鬱陶しい装具はついてるけどな」

道路を歩きながら、瞬は軽く右足をさすった。

「病院は？　こんな時間まで出歩いていいの？」

「退院したの！　今朝」

「えー！　なんだもう。言ってくれないんだもん。昨日も今日も、一日、学校って言ってたじゃん」

「サプライズだよ！　サプライズー」

瞬は公園との境に設置された低いパイプの柵の上にぴょんっと飛び乗った。

「危ないってばー」

両手を広げてバランスを取っている。

「サッカー選手のバランス感覚をバカにすんなー」

「もう……心配ばっかりさせないでよ」

「夏林は俺の心配を一生して過ごすって決まってんだよ」

一生、って単語に果てしない甘さを感じながらも、照れ隠しに勢いよく横を向いた。

「ヤな人生」

「俺だってお前の心配ばっかしてんだろ。なんでもちゃんと言えばいいものを、おかしな気ぃ遣うから……」

「遣うから、なに？」

「こういう面白いことになったんじゃん」

「もう、ゲームだよね。瞬にとっては、なんでも」

「なんつってほんとは面白いわけがなかったんだよ。最初はさー。ムカつくー！　ってとこから始まってっからな」

「あー、だよねー」

瞬の最大の原動力ワードは〝ムカつく〟だ。

低いパイプの柵に乗っていて、あたしより七十センチくらいは上にある顔を見上げる。

「どこ行く？　どっか店入る？　寒くねぇ？」

「駅」

「え？」

「駅がいいな。駅のホーム。今日さ、三月にしては観測史上まれでしょ、ってくらいぽかぽかじゃない？」

「オッケーっ」

柵の曲がり角まで来たら、瞬はためらいなくそこから飛び降りた。大きなけがをした右足を、わかりづらいけど、かばっている。

駅のホームに二人で温かい缶コーヒーとカフェオレを買って入る。あたしたちが使っている、いい季節には観光スポットにもなる単線のホームに、もう人はほとんどいなかった。

二人で駅に設置されている椅子に座る。瞬がけがをする前、あたしの受験前の、まだ普通に高校に通っていた頃は、ほぼ毎朝この駅で待ち合わせをしていた。

「いつから俺だって気づいてた？」

いつからなんだろう、と漠然と考える。

「……わりと、最初……からなのかもしれない。もしかしたら」

「は？　最初だと？」

「ねぇ瞬、夏って英語のスペル、言ってみてよ」

「夏はサマーだろ？　スペルはSUMMAR（エスユーエムエムエーアール）」

「……やっぱり」

「やっぱりってなんだよ」

「夏はSUMMER（エスユーエムエムイーアール）だよ。あたしたぶん、ものすごいテンパってて、その場で見逃しちゃったんだよね。あの紙、すぐ剝がされちゃったけど。なんか、ずっと違和感が残ってて……やっぱりそれが原因だったんだな」

　でも、普通ならもやもやするはずのその正体不明の違和感が、今にして思えばあたしにすごく安心をもたらしていた。スペルが違っていたような気がする、くらいの曖昧(あいまい)な記憶だったのに、あんな中一レベルの間違いは瞬しかしないって。心のどこかでずっと。

「まーじーかー！　絶対最後の最後まで気づかないと思ってた」

「いや、ぜんぜん最初から気づいてたわけじゃないよ。だけど……なんていうのか」

たぶん潜在意識レベルの問題なんだ。でもちらちらとは思っていたかもしれない。瞬の病院にネットカフェみたいな部屋があるな、とか。

「つか、けっこう俺もムカついてたぞ。あんな交換ノート俺に黙ってやるか？　普通」

「ほんとだよね」

　あたしは視線を落としてため息をついた。いくらミルクの命の恩人の寄松くんのためとはいえ、知らない相手と交換ノートだなんて危険すぎる。

「もしかしたらさー、そういうのもサブリミナルの一種なのかもよ」

「え？」

「図らずも俺はスペルを間違ちゃったわけじゃん？　英語がわりと得意なお前でもテンパってそれを見逃した。見たのは一瞬じゃないにしろ、次に来た時にはもう確認できなかった。でも、なーんかその間違いが俺っぽいと潜在意識の中で思ってた」

「そうか……そうなのかも」

サブリミナル。連続して流れていくテレビ画面に、人の目では確認できないほど、コンマ何秒の短い時間、全く関係のない画像を入れて人の潜在意識に働きかけるものだ。音楽でもそう。音楽の中に人の聴感では聞き取れない周波数や音量でナレーションを流す。

人はその画像やナレーションを、意識せずに脳内にとどめてしまう。それがサブリミナル効果と呼ばれるものらしい。

最初のスペルの間違いから意識を植えつけられ、文章の癖、ノートの破り方、あたしはどこかにいつも瞬を見ていた。おそらく潜在意識の中にあった、瞬っぽい、という認識が、あたしの警戒機能を麻痺させ、あたしをあのノートに惹きつけていた。

「心のどっかで俺かもしれない、と思ってたんじゃん？」

「なるほどね……。よく瞬、そんなこと知ってたね」

「こないだな、テレビの特番でやってた。つか、やっぱちゃんと言えよっ、って話！」

ぱかんっと平手で頭を叩かれた。顔じゃ笑っているけど、この力加減は、実はかなりのお怒りだ。

「……ごめん。ごめんなさい。でも今は、心配かけたくなかった」

あたしは両手で挟んだカフェオレの缶のプルタブを眺めながら、それを前後に何度か転がした。

「俺に切り出しにくい気持ちはわかってたから、ガチで複雑だった。俺、寄松の画像、消したしな。でも夏林はミルクの恩人のあいつのことほっとけなかったんだろ？」

　本音が出て自分で思っていたより力が入ってしまったと気づいたのか、瞬の手のひらが、あたしの頭の叩いた場所を今度はなでる。

「うん」

「だーからこういうことんなったんじゃん。超ムカつくんだよ。お前がいつまでも他の男のことで頭悩ませてるとか。そんなもんはちゃっちゃと解決して、とっとと俺の心配をしろや」

「はぁ……」

　けっきょくこういう思考回路でわりと緻密、かつ、くだらない方法でことを運ぶから、瞬といると退屈しないんだよ。ついていくのが大変だけどさ。

「この数週間の俺の複雑度合いがお前にわかるか？　俺に対して、好き好きオーラは全開のくせに心配かけまいと相談もできない。その原因を作ったのは俺。そんで知らねー誰かに相談って、もう危なっかしくて」

「すいません」

　頭が膝にくっついちゃう。でも今だから思えるけど、そのサブリミナル効果がなかったら、あたしはあのノートを信じたかどうかわからない。今となっちゃほんとにわからないけど。

「瞬と寄松くん、裏でつながってたんだね。寄松くん、自分の他にも保健室登校がいる、とか言ってたけど、瞬のことでしょ？　あの子、自分の学校にいるU18日本代表サッカー選手のこと、知らないんだね」

「あいつはなーんも知らねぇよ。俺も親しくしゃべるようになったのは、ミルクのことで夏林の口から青葉西高校の〝寄松くん〟って名前が出てからだけどな。最初に写真見た時、どっかで見たことあるやつだなーとは思ったけどその場では思い出せなかった。リサーチはじめてから知ったことだけど、あいつ、入学式の一回だけみたいじゃん。まともに教室入ったの」

「うん、そうみたいだね。それで瞬は保健室登校児のマネっこしてたの？　三年は自由登校だろうに、よく養護の先生なんにも言わなかったよね」

「俺、手術終わってからさー、高校行くと、たまにかったるくなって保健室で寝てたんだよな。松葉杖で、普通の生活ってけっこう疲れんだよ。サッカーとは全く別の筋肉使うみたいで、腕のへんなとこが痛くなったりさ」

「そうだね」

「だから、保健室登校をしてるやつが何人かいるのは知ってたよ。これ出席日数になんのかな、ってちょっと不思議だったけど」

「それで寄松くんのこと知ってたんだ？」

「名前くらいな。あいつだけなんだよ。完全保健室登校は。あとの一人はたまに教室行くから逃げ場みたいなもんかもな」

「そうなんだ」

「本格的に近づいてやろうと思ったのは、夏林の口から寄松の名前が出てからだよ。あいつも元は普通の生徒みたいじゃん？　なんなくすぐ打ち解けて、しかも同年代との接触に飢(う)えてんのか、けっこう自分からぺらぺらいろんなことしゃべってくれたよ」

「はぁー。そういうことね」

「あいつが家庭教師に、自分が保護した猫の飼い主を雇(やと)ったとか言いやがってよー」

「家庭教師のことも折を見て瞬に言おうとは思ってたんだよ」

「とにかく、夏林がミルクの恩人だろうがなんだろうが、他の男のことをぼーっと考えてるとかマジでムカつくんだよ。早くこりゃ解決するぞ、と思って交換ノートで夏林と、保健室では寄松と、両方から情報集めしたの」

「千春に都市伝説だとか言って交換ノートのこと吹き込んだのも瞬か」

「まあな。ちょっと頼んだ」

「よく、わかったね。あたしが〝一番助けられたと思ってる本〟なんてさ」

「あれも一発でよくいったわ、と思ったよ。ミルクが失踪したヤな記憶に、夏林はまだビビってたろ。イクラとトロの飼育のことでお前が貸してくれた本に、犬とか猫とか鳥が、迷子になった時の探し方、みたいのが載ってたからさー。あの本でダメならまたなんか考えてたよ」

瞬にまた貸しした、図書館の本、『犬、猫、鳥の知っておきたい習性１００』だ。

「瞬は、よく知っててくれてるんだな。あたしのこと……」

瞬はなれなれしくあたしの肩を抱き、自分の方に強引に引き寄せた。

「へへへっ。だろ？　俺、全面復帰までそう遠くないからな？　俺の上に乗るのが大好き──」

そこであたしは、両手で瞬を思いっきり突き飛ばしたら、油断してたのかベンチの端っこから下に落っこちた。

「何すんだよっ！　俺はけが人だろ！」

あたしは立ち上がった。

「もうー！　なんなのよ？　あの狐の憑依メールっていうのは。あれではっきり瞬だって確信したんだよー。髪の長い白い服の女が首絞めるとか寄松くんに言ったでしょー？」

瞬はしれっとした顔でベンチに座り直し、足をくみ、腕ぐみまでした。

「言ったよーん。だってほんとのことだもーん。上に乗ってきた時、お前制服の白シャツだったもんねー」

あたしはポケットからメモの切れっぱしを出し、瞬の前に持っていく。

「これ、寄松くんの携帯のメールアドレスだよね？　図書館で見つけたんだよ。あの書棚のすぐ近くで」

「えっ？」

瞬が、一瞬、虚をつかれたように身を固くしてから、あたしの差し出したメモを覗き込んだ。

「これ、寄松くんの字だもん。学校で、養護の先生がいるところで、携帯のやり取りができなくて、アドレスだけ書いてもらったんでしょ？　寄松くんに。ダメじゃん、こんなの落っことしちゃ」

「落としてたのか。登録してからちゃんと細かく破ったよ。病院で捨てたんだけどな」

「全部じゃなかったから、アドレスだってわかんなくて、最初は何かのパスワードだと思ってた。けど、あの憑依メールを見て、いろんなことがつながったっていうか？」

あたしは瞬の隣にもとのとおり、そっと座った。

「おー、夏林ちゃん、すげぇ」

「寄松くん、あの憑依メール、発信元がどこだかわからない、とか言ってたけど、瞬だよね？　瞬が捨てアドレスを作って送ったんでしょ？」

「アタリー！　夏林が有力情報をくれたんじゃん？　あの交換ノートに、保健室登校の原因は姉ちゃんで、姉ちゃんからの手紙を読めば解決してくれるかも、みたいに書いてあったからさ。だったら、ちゃっちゃと解決してもらおうじゃん？　いつまでも俺の夏林にかかずらわってんじゃねーよ！　って、まあ、そういうことだよ」

「そうですかー」

「ったく俺は、いろいろさぐり入れても〝姉ちゃん〟なんてキーワードは引き出せなかったのによ。夏林には言うとかそこもムカつくわ」

ムカつくことはすぐにでも解決したい性格なのだ、瞬くんは。

サッカーの試合でも一番力を発揮するのは、自チームが負けている時、危機に瀕している時。状況が悪化すればするほど、この男はムカつくようにできている。

「あたしにだって言ってくれなかったよ。あたしがお姉さんのことも手紙のことも、知ったのは、寄松くんのお母さんに直接聞いたからだよ」

「なんだ、マジか。まあよかったよな。ぜーんぶ丸く収まったぜ。俺の上に乗るのが好きな狐ちゃんのおかげでさ」

「だからそれはやめてってば！　もう怒るよ」

「あいつ、たぶん手紙、読んだぜ」

「え？」

「今日、保健室行ってみたらさ。なんかもう顔つきがいままでとぜんぜん違うわけよ。『他言許、一人』とか書いといたからさ、それ、お前に相談したんだろ？　俺にはなーんにも言わねーけどな。間違いないよ。二年からはもうここへは来ません、とかいっちょ前に宣言してた。俺だって行かねぇよ。俺は二年じゃなくて三年だっつーの」

「ほんとっ？」

「おう」

「よかっ………」

「他の男のために泣くなっ」

ぱかんっとまたかなりな力で瞬に頭を叩かれた。今日は珍しく凶暴だな、瞬。

「だってー。ミルクのこともあったけど、大事な人が遠くにいるって……。好きなのに仲たがいなんて、他人事じゃなかったんだよー」

遠くに別れた好きな人。あたしにとっては、まるで目の前に迫った自分の話を、俯瞰している感覚に似ていたのかもしれない。

「……バカだなー」

瞬が筋張った手であたしの頭を引き寄せて、自分の肩にもたれかけさせた。

「……バカじゃないよ」

「バカだってー。ダメじゃん、あの数列は受験前にめっちゃ叩き込んだろ？」

「あの最高難度が解けるのはすごいよ、あたしにはいまだに意味不明だ」

「詳しく解説しといた」

もうこれから解説してくれる人は、いない。

「……うん、がんばるよ」

一人でも、これからも。

「めっちゃムカついたけど、まあこれが報酬かなーと思って許してやるよ。あ、ダメだ。見るとよけいムカつくわ」

「ん？」

あたしは瞬の肩から頭を起こした。

瞬は後ろにしょってる鞄から、ごそっとノートを切り取ったものを出してきた。

「ほらほらこれだよ」

「あーこれかー」

【彼氏のどこがそんなに好きなのですか？】

という瞬が貼ってきた紙に、あたしが書いた答えだった。その数、三百。ノートの半分。

「このへんはいいよ、最初の頃の、かっこいい、とか顔とかな。運動神経がいいとか、そのへんはな」

「うん」

あたしは両手をベンチのふちにかけ、そこに体重を預けて、瞬の指さす箇所を一緒に覗き込んだ。

「後ろにいけばいくほど褒め言葉の割合が少なくなってきて、後半とかなんもねーし、最後のほうなんかあきらかに罵倒だろ。これ」

「そうかなあ」

「このへんなんかマジでやべぇ」

「ん？　どこどこ？」

あたしは瞬の指さすあたりに視線を落として首をひねった。

(274)　自己中
(275)　意味不明
(276)　数学以外がバカすぎ
(277)　高三なのに、まだ一般動詞とbe動詞の混同はマジでやばい
(278)　単細胞
(279)　タケノコ食べられない
(280)　寝て起きると口の横によだれの跡がある時がある
(281)　部活の後、制汗剤ない時の匂いがすっぱすぎて無理

「無理、ってなんだよ。俺、真剣に傷ついたぞ。制汗剤なかったのなんて一回だけじゃん。待ち合わせにすげぇ遅れたから慌ててて。しかもめっちゃ走ったんだよ」

「別にいいじゃん。好きなところなんだから。嫌い、って言ってないでしょ、好きなとこだもん。それにふだんは普通にいい匂いだよ。それも書いた気がするけどなー」

「すっぱすぎて無理！　って書いてあんじゃん、無理！　って！」

瞬はその〝無理〟の文字を人差し指でパシパシ叩いた。

「無理でも好きなもんは好きなのー」

あたしは破ったページを持つ瞬の片腕を両手で抱きしめた。

「あとなー、あれもムカついたんだよ。超ムカついた。どこだっけな」

ばさばさとページを前に戻して何かを探している。その破ったページ、全部ステープラーで止めたんだね。

無理でもなんでも好きなんだよ。だからどうしようもないじゃん……。

この大好きな腕が、もうすぐ手の届かないところに行っちゃうのかと思うと、最近あたしの涙腺は簡単にゆるんじゃうんだよ。水を出そうと思って蛇口を開ける並みのお手軽さ。別れを思うだけでいい。

隣でなんだか怒りながらあれこれ文句をつけている瞬の腕を抱いたまま、あたしは少しだけ、こっそり泣いた。

一生、二人でいつも待ち合わせをしていたこの駅で、ずっとこうしていてもいいと思うほど、あたしは瞬が好きだ。無理もなにも関係ないってば。

「俺も書いてこよっかな。夏林の好きなとこ三百」

「できないよ。瞬にはそんなに思いつかない」

「なんで？」

瞬の腕に顔を埋めてくっつきながら、答えた。

「どうせこうなる。なんかかわいい。なんか好き。全部好き。でもムカつくことが多い」

数学はできても、自分の感情分析は得意とは言えないよ、瞬は。

「そんなことねーぞ。お前バカにしたな。〝かわいい〟の他にだって具体的にあげられるぞ。髪の毛サラサラでいい匂い、も好きだし。ほっそい指も好き。ちっこい爪も好き。あとはえーと、猪突猛進だし、すぐ感情に流されるし、数学の理解がおせーし……危なっかしい。見てらんねぇほど危なっかしい」

「瞬だって悪口になってんじゃん」

「そんなことねーってば。だいたいお前ほど頭にくること言わねえ……あっここだ！」

紙をペラペラめくっていた瞬が、文句を言いたい箇所をやっと見つけたらしい。

いつまでも、そうやって自分の書いた【彼氏のどこがそんなに好きなのですか？】に対してのあたしの返事にダメだしをしてくる瞬の声を、遠い国の子守歌みたいに聴いていた。

「夏林」

ダメ出しの途中で瞬が、いきなり声のトーンを落とす。

「ん？」

「もう、どんな時でも隠し事するなよ。お前があぶねーことするのが、一番俺にとって怖いことだって、もういい加減わかってくれ」

「はい」

くっついたままの瞬の片腕を抱く両腕に力を入れた。

ひそやかな白い月と、駅の立て看板だけが、あたしと瞬を見ていた。

明日はもう、瞬の高校、青葉西高校の卒業式だ。

エピローグ

「夏林、第一志望合格おめでとう！」

やっと、やっとやっとやっと、心をおおっていた三十パーセントの憂鬱が、すべて取り払われた気がする。

センター当日、得意な問題が多く出たこともあって、自己採点で、よほどのことがないかぎり落ちることはないだろう、とは思っていた。でも結果が出るまでは、なにが起こるかわからないのが入試だ。

萌南と一緒に、いつものファストフードではない、格も値段も高い流行りのお店にきた。単線の最寄り駅から数駅のところにある、発酵バターを使った本格パンケーキの専門店。海外資本のここは、日本のパンケーキブームの火付け役みたいなお店だ。超奮発の女子合格祝い。

「ありがと萌南。萌南もよかったね。東京に内海と行くんでしょ」

「行くよ。でも陸は浪人になったよ」

「あの不良でバカの内海が、医学部を狙(ねら)うとか浪人は覚悟の上でしょ」

「陸の家は医者家系なんだよ。継げ、とか言われたわけじゃないけど、親の仕事を尊敬してるみたいでさ」

「知ってるー。あれは確かにすごいよね。内海のお父さんテレビで特集までされちゃうカリスマ外科医じゃない。それに内海って、もとはいいから来年はイケるでしょ」

中学の時は不良と優等生。その内海陸と萌南が今、つき合っていることが不思議だ。人の縁なんてわからないものなんだろうな。

「でも大変だったよね。夏林もいろんなことに首つっこむというか、巻き込まれるというか」

「瞬(しゅん)とつき合ってるとねー」

「だよねー」

「萌南の推理、ばっちりはずれたよね。そのおかげで内海は志望とは違う探偵にならずにすんで、医者、っていう本来の目標に邁進(まいしん)できるわけだ」

「あの交換ノートね。すいませんでした。でも感動もしたよ」

萌南はあの後、あたしを心配して、内海と一緒に不審な人物がいないか、しょっちゅう図書館を張っていたらしい。ほんとに優しい子だ。

どの書棚(しょだな)かは萌南にも言っていなかったから、あの大きい図書館の、主(おも)に貸出カウンター付近で、さりげなく、置いてあるベンチで本を読んでいた。

そこに現れたのが、室内だというのにキャップをかぶる、という不審なかっこをした瞬だったらしい。気づかれないように、瞬の行動を見張り、あたしの交換ノートの相手が彼だと突きとめた。

「なんですぐ言わないのさ、萌南」

「だって超ロマンチックじゃなーい？　マンガかドラマだってー。どんな遭遇の仕方するのかと思うと、もうわくわくしちゃってさぁー。想像をかきたてられるよ」

「マンガかドラマが日常茶飯事だよね」

「恋愛してるとマンガかドラマより、日常がマンガかドラマだよね」

「そうそう。あーなんか、ほんと好きだな。萌南とこうやってしゃべってるのって楽しいー！　女子同士も至福の時間だよね。寂しいな、萌南、東京行っちゃうの」

「夏林の大学だって東京じゃない。そんな無理して通うの？」

「かなり無理すれば通って通えない距離じゃないとこが微妙。一人暮らし、お金かかるしねー。うちはあと二人金食い虫がいるからさ」

「東京で会おうよ、夏林。たくさんさ。泊まりにおいでよ」

「うん」

◇

瞬の高校より、二日遅れで、うちの、恵(めぐみ)丘(おか)女子高校の卒業式があった。春全開の暖くて快晴の卒業式日和(びより)だ。

そうそう、女子高は男子がいなくて青春っぽくないとか思われがちで、確かにそうなんだけど、女子の友情もなかなかだぞ。地味な進学校で、規制がきびしくて、制服のおしゃれも髪型のおしゃれもメイクもできなかったけど、それを差し引いても充分楽しい高校時代だった。

毎日一緒にいた愛実(まなみ)にも涼香(すずか)にも杏子(きょうこ)にも、明日からこの校舎の中で会えないってまだ現実味がないよ。このやぼったかった制服とお別れも寂しいよ。

しかーし、地味な女子高とはいっても、他校の男子とつき合っている子がちらほらといる。

高校三年まで、そういう子のことを、ほかの世界の住人だと思っていたのに、自分がその、ちらほら、の中に入っていることが奇怪(きっかい)だよ。

「三浦(みうら)くん、来るの？」

愛実がたずねる。

「ちらっとね。ヒマだから見に来るだけで、すぐ帰る。最後なんだから愛実たちとごはん行くよー」

「その後の卒業ライブは？」

「行くよ。みんなで行くって決めたじゃん」

「でもランチ終わってからライブまでの中間時間はあたしは彼氏と会うよ。なんか卒業祝いにいいもん買ってくれるっぽい」

と、涼香が口をはさんだ。

「お昼食べたらライブまで、どうせ着替えに帰らなくちゃならないから、一度そこで解散だね」

あたしたち四人とわりと仲良くしているグループ女子が軽音部の集まりだ。あたしたちは夕方、六時からの軽音部の卒業ライブに、行くことになっている。女子高だけど、他校の男子と組んでいるバンドもある。

今日は卒業式だからうちの学校の友だち優先だけど、中間時間が解散なら、あたしも瞬と会おう。

◇

卒業式のあと、愛実たちと、放課後よく一緒にしゃべった思い出のファストフードのお店でご飯を食べた。

　最後だからゆっくりしてこいよ、と瞬には言われていたけど、待っていると思うと気になるものだな。

「じゃあ、あたし彼氏のとこ行くね。ライブハウス前に六時ねー」

　そう言って涼香が立ち上がった。

「じゃ、一度、解散！」

　と愛実が言って、けっきょくそこで一度解散になった。変に場の空気を読み過ぎる、と涼香にはよくたしなめられる。このメンバーでそういうのはやめなよ。彼氏いない杏子は、逆に気を遣（つか）われたくないと思うよーと、涼香は主張するんだ。なるほどだな。あたしも少しは成長するのかなー。


　バイバイと三人に手を振って、一度自分の家の最寄り駅に向かう。恵が丘女子は家から一時間弱かかるけど、ライブハウスがあるのが高校よりも家寄り。

　瞬と待ち合わせをしている地元駅近くの堤防から、一度着替えに帰ることを計算に入れても、六時にライブハウス集合は、電車で二駅で、割と楽だ。

「しゅーんー」

人気の全くない裏通りの堤防前の道路で、瞬は片手で堤防の凹凸につかまりながらリフティングをやっていた。そこにあたしは卒業証書を振りかざして走っていく。

「おう。卒業してきたか」

「うん。瞬、もうそんなことしていいの？」

「片脚リフティング！　どうだ、すげーだろ？」

「すごいすごい」

「上あがろっか。今日は気持ちよさそうだよな」

「平気なの？　瞬」

「平気じゃないとか思うわけ？」

「思いません」

片脚に負担をかけないで、廃棄家電の山を登って堤防の上に立つことなんか、瞬には余裕だ。

瞬が先に、電柱の裏側に溜まっている廃棄家電の山をよじ登り、次にあたしが登った。

堤防の向こう側にはずらりと重なる消波ブロック。目の前には、はるかな水平線ときらきら輝く波。

青空に、白いクレヨンで大胆に直線を引いたような、できたてほやほやの飛行機雲があった。

瞬と堤防に二人並んで遠くの空に思いをはせる。

「今日だったよね。寄松くんがサンティアゴ行ったの」

「確かそうだな」


寄松くんは手紙を全部読んで、面白いほどパキっと態度を改めた。読んでいるさなかに来た最後の一通が駄目押しだったのだ。

寄松くんのお姉さん、姫果さんは、初めての子を妊娠している。でも、心労からか、体調を崩してしまい、今、サンティアゴの病院に入院している。いつまでも自分が意地を張っていると、お姉さんのお腹の子にも影響してしまうかもしれない。

寄松くんは、お母さんと一緒にサンティアゴに行くことにしたのだ。相談して、安定期に入ったら、日本で産むために帰国することも考えるらしい。


「遠いねサンティアゴ。こうやって見える空の下に、サンティアゴはないんだよ」

空を見ながら隣にいる瞬にわれ知らず呟いた。

チリの首都。ほとんど日本の裏側だ。

「ほんとだよな。大事な人がそんな遠くにいるって心配だなーと思う」

瞬は、いつここを出ていくんだろう。

「遠いな。サンティアゴも……仙台も」

「ほーらまたネガティブなこと考える。俺の行く仙台なんて、あのへんだよ、あのへん。充分見えてる」

瞬は北のほうの空を指さした。

「うん……」

「かりんー。そういう寂しそうな声出すなよ。後ろ髪ひかれんだよ。病室に仙台のJリーグの監督たちが来た時だってこの世の終わり、みてーな顔して出ていきやがって。まあいきなり紹介すんのも恥ずいけどさー」

「はぁ」

瞬の病室に来たラフなかっこの人にスーツの二人。どの人が監督だったかちゃんと見られもしなかったあたしにはわかんないけど。

「仙台は近いの！　いいか、こここ、もう一センチ！」

瞬は持っていたサッカーボールをあたしの目の前に差し出して、親指と人差し指で、一センチの間隔を作った。

「うん……」

「な？　ここが今いるとこだとすると、サンティアゴは裏側。だけど仙台は一センチ。ここからサンティアゴの空は見えないけど仙台のは見えるの！　ちゃんと見えてる空の下に俺はいるの。しかもこの装具外れるまで超順調にいってもあと一か月くらいかかるしな。予定が未定のニートなんだよ俺は」

「うん……ニート終了したら、お別れか……」

瞬は、足のけがにある程度のめどがついたら、契約済みのＪリーグのチームの本拠地に向かう。それが仙台なのだ。

「あのさぁ、その別れる、って言い方はやめようぜ？　離れる！　な？　ちょっと離れるだけなの」

「瞬だって言ってたよ。入院してた時、食事持って入ってきた師長さんに、俺たち悲しい別れが目前、だとかさ」

「あんなのふざけて言ったんだろ？」

「そうだけど」

考えると、どうしても親指の爪で反対の手の爪の切り口を、ギザギザとひっかいてしまう。

「帰ってくるから。こっちにいる間に合宿で車の免許取って、一か月に一度は戻ってくる」

「いいよ、瞬。早くサッカーに復帰して、チームに合流することが一番でしょ。クビきられるかも、って真面目に心配してたじゃない」

　仙台に行ってもいきなりチームの人と同じメニューをこなすのはまだ無理。しばらくは寮じゃなく、今通っているリハビリ病院と提携した仙台の医療施設の近くで、リハビリと、そこの先生と相談しながらの練習だ。

「それはまぁな。でも俺だって夏林と離れんのはヤなんだよ。そこをお前がそんな寂しそうな声出すとな」

　あたしは顔を勢いよくあげた。

「別にぜんぜん平気。ほらあたし、女子高だったけど、今度の大学は共学だもん。思う存分青春を満喫（まんきつ）してやる」

「……やっぱ寂しそうな声を出せ！」

「勝手だなー。もう。自己中。意味不明。理解不能」

　あたしは堤防の上を走り出した。

「夏林ーあぶねーってばー。もう心配をさせるなー」

　振り向くと強い汐風（しおかぜ）に制服のスカートがまくれそうになった。今日が最後の二つ縛（しば）りの髪の毛もバラバラになる。

　片手でスカート、片手で髪の毛を押さえながら、波の音に負けないように大声で叫ぶ。

「瞬はあたしの心配をして過ごすんだよ、ずーっとねー」

消波ブロックに当たって砕け、大きくはねた飛沫(しぶき)の中の瞬の笑顔は、満足そうで、眩(まぶ)しかった。

Fin.

※この作品はフィクションです。実在の人物・団体・事件などにはいっさい関係ありません。

集英社オレンジ文庫をお買い上げいただき、ありがとうございます。
ご意見・ご感想をお待ちしております。

● あて先
〒101-8050　東京都千代田区一ツ橋2-5-10
集英社オレンジ文庫編集部 気付
くらゆいあゆ先生

駅彼
—あと９時間、きみに会えない—

集英社
オレンジ文庫

2015年5月25日　第1刷発行

著　者　くらゆいあゆ
発行者　鈴木晴彦
発行所　株式会社集英社
〒101-8050東京都千代田区一ツ橋2-5-10
電話【編集部】03-3230-6352
【読者係】03-3230-6080
【販売部】03-3230-6393（書店専用）
印刷所　図書印刷株式会社

※定価はカバーに表示してあります

ISBN 978-4-08-680020-4 C0193

集英社オレンジ文庫

青木祐子

風呂ソムリエ

天天コーポレーション入浴剤開発室

天天コーポレーション研究所で働く
受付係のゆいみは、大の風呂好き。
ある日、銭湯で偶然知り合った同社の
入浴剤開発員の美月からモニターに
抜擢され、お風呂研究に励むことに…?